चरन दास चोर

चरन दास चोर

हबीब तनवीर

वाणी प्रकाशन

वाणी प्रकाशन

4695, 21-ए, दरियागंज, नयी दिल्ली 110 002

फ़ोन : +91 11 23273167 फ़ैक्स : +91 11 23275710

शाखाएँ

अशोक राजपथ, पटना 800 004, बिहार

कॉफ़ी हाउस कैम्पस, महात्मा गांधी मार्ग, इलाहाबाद 211 001, उत्तर प्रदेश

महात्मा गांधी अन्तरराष्ट्रीय हिन्दी विश्वविद्यालय, वर्धा 442 001, महाराष्ट्र

सुल्तानिया रोड, मोतिया पार्क, भोपाल 462 001, मध्य प्रदेश

www.vaniprakashan.com
marketing@vaniprakashan.in
sales@vaniprakashan.in

CHARAN DAS CHOR
by Habib Tanvir

ISBN : 978-81-8143-224-7
Play

संस्करण 2004, 2008
आवृत्ति 2020

मूल्य : ₹ 95

यश प्रिंटोग्राफ़िक्स, नोएडा-201 301 (उ.प्र.) में मुद्रित

वाणी प्रकाशन का लोगो मक़बूल फ़िदा हुसेन की कूची से

नाटक के पीछे बहुतेरी कहानियाँ!

इस नाटक के पीछे एक नहीं बहुतेरी कहानियाँ हैं। चूँकि ''चरन दास चोर'' एक 'क्लासिक' का दर्जा हासिल कर चुका है, ये कहानियाँ भी एक इतिहास की हैसियत रखती हैं। इन कहानियों का सिलसिला 'चोर' की हमारी प्राचीन परंपराओं से मिलता है। शास्त्रों में हमारे यहाँ एक 'चोर-शास्त्र' भी है। मुणीराम भद्र विरचित के संस्कृत नाटक 'प्रबुद्ध रोहिणेय' का नायक एक चोर है और उसकी अजीबो-ग़रीब ज़िंदगी का चित्रण 'चोर-शास्त्र' पर ही आधारित है। शुद्रक के शाहकार 'मृच्छकटिक' में एक महत्वपूर्ण पात्र शर्विलक है जो चोर भी है, प्रेमी भी है और आर्यक गोपालक के राजनीतिक दल का लीडर भी है। वह जब चारुदत्त के घर में चोरी के लिए सेंध लगाना चाहता है तो पहले विचार कर लेता है कि चाँद जैसी गोल हो या कमल के फूल की तरह, या फिर एक मटके के आकार की सेंध बनाऊँ! इसका भी सूत्र 'चोर-शास्त्र' से संबंधित है। शर्विलक की बनाई हुई सेंध देखकर चारुदत्त को अपने घर चोरी का ख़्याल बाद में आता है, पहले वो चोर की कला देखकर दंग रह जाता है और उसकी चाबुकदस्ती की प्रशंसा करता है।

आर्यक और शर्विलक वो पात्र हैं जिनका ज़िक्र हज़ारीप्रसाद द्विवेदी के 'पूनर्नवा' में मिलता है। उन्होंने अपने उपन्यास में बताया है कि इन पात्रों का सिलसिला प्राचीन काल के साहित्य से मिलता है। 'मृच्छकटिक' का शर्विलक देश में क्रांति लाता है और राजा पालक के अत्याचार को ख़त्म करके उसकी जगह ग्वाले आर्यक को राजसिंहासन पर स्थापित कर देता है।

चोर की राजस्थानी लोक-कथा पर नाटक तैयार करने का ख़्याल मुझे सबसे पहले 1974 में आया। विजयदान देथा (जिन्हें मित्र बिज्जी कहते हैं) ने मुझे ये कहानी ज़बानी सुनाई थी। बस इस कहानी ने मेरे दिमाग़ में जड़ पकड़ ली। उस वक़्त तक विजयदान ने अपनी जमा की हुई लोक कथाएँ केवल राजस्थानी भाषा

में छपवाई थीं। इनका हिंदी अनुवाद "उलझन" के नाम से बाद में छपा। ज़िला जोधपुर के गाँव बोरुंदा में जहाँ कोमल कोठारी और विजयदान का 'रूपायन' संस्थान है, मैं एक महीने रहा। ये 1974 की गर्मियों का ज़माना था। चोर की लोक-कथा पर जब मैंने बोरुंदा नाट्य शिविर में नाटक तैयार करना शुरू किया तो पहले चार दिन के अंदर ही मेरी योजना फ़ेल हो गई। इन चार दिनों में बोरुंदा में बहुत-सी घटनाएँ घटीं। साँप निकले, मोनिका बीमार पड़ गईं और सबसे बड़ी बात ये कि कहानी के प्रति मेरा उत्साह ख़त्म हो गया!

बोरुंदा वर्कशॉप! बोरुंदा वर्कशॉप!

वर्कशॉप कोई सी हो, कहीं भी हो, मैं अपनी मंडली के ख़ास-ख़ास कलाकारों को अपने साथ ज़रूर ले जाता हूँ। कभी चार-पाँच, कभी ज़्यादा कलाकार, और कभी पूरी मंडली साथ गई। ये ज़रूरी नहीं कि वह इसमें शिरकत करें। ऐसे मौक़ों पर कभी महज़ देख-सुनकर तजुर्बा हासिल करना ही उद्देश्य होता है। शिरकत भी करते हैं। जैसे हरियाणा की स्वाँग वर्कशॉप में। जैसे उड़ीसा के प्रह्लाद नाटक वर्कशॉप में! यहाँ उद्देश्य ये था कि ख़रबूज़े को देखकर ख़रबूज़ा रंग बदले, यानी हमारे कलाकारों की अदाकारी से नये कलाकार सीख हासिल करें। अंत के प्रोडक्शन में 'नया थियेटर' के कलाकारों की कोई जगह नहीं होती। उस वक्त तक वो महज़ दर्शक की हैसियत में आ जाते हैं। मंच पर इलाक़ाई कलाकार ही उतरते हैं। लेकिन उसके बारे में विस्तार से लिखने का ये अवसर नहीं। आगे कभी!

बोरुंदा में भी चुने हुए चार-पाँच कलाकार साथ थे। आमतौर पर ख़ालिस घी में पके हुए ठेठ राजस्थानी खाने खा रहे थे, जिनकी उन्हें आदत नहीं थी। छत्तीसगढ़ी आदतन आमतौर से दोनों वक्त चावल खाते हैं, जो वहाँ मिलता नहीं था। सुबह हाजत-रफ़ा (शौच आदि) करने हम सब बाहर खेतों में निकल जाते थे, जिसकी बहरहाल सब को आदत थी। एक दिन सुबह-सुबह जो निकले तो रास्ते में एक बहुत बड़ा साँप मिला। कुछ लोग लाठी लेकर निकले थे। साँप को लाठी से कुचलकर मार दिया गया। कोमल दा को जब मालूम हुआ तो कहने लगे, मारा क्यों? "यहाँ बहुत साँप निकलते हैं, लेकिन हम उन्हें मारते नहीं हैं।" उन्होंने हमें साँपों के बहुत से क़िस्से सुनाए। कहा कि साँप को अगर कोई मार दे तो उसका जोड़ा बदला लेने की फ़िराक़ में घूमता रहता है, और मौक़ा पाने पर बदला ज़रूर लेता है। सुनते हैं मरे हुए साँप की आँख में मारने वाले की छाया जम कर रह जाती है। बस उसी को देखकर उसका जोड़ा उस व्यक्ति को पहचान लेता है। इस

सिलसिले में उन्होंने एक अज़ीबो-ग़रीब क़िस्सा सुनाया। एक आदमी ने एक नाग को मार दिया। नागिन उसे ढूँढ़ती रही। वह आदमी डोल लेकर पाने लाने हर रोज़ कुएँ पर जाया करता था। उन्होंने वह कुआँ भी दिखाया और बताया कि बस नागिन यहाँ कुएँ की मुंडेर पर जो पीपल का एक पौधा नज़र आ रहा है, वहाँ दरार में छुप गई, और जब वह आदमी पानी लेने कुएँ पर पहुँचा तो उसे डस लिया। आदमी ने वहीं दम तोड़ दिया। कोमल दा ने बताया कि ब्राह्मण का जो अंतिम संस्कार होता है, वही नाग का होता है। तुम उस मरे हुए साँप को जला दो। उसी दिन हमारे कमरे में भी एक नाग निकल आया। लोग डर गए। भागकर उस मरे हुए साँप को उठाया, उसकी चिता बनाई और बड़े एहतेमाम से उसे जला दिया।

उसी अर्से में मोनिका को बुख़ार आ गया, और पहले चार दिनों में दवा के बावजूद वह कम नहीं हुआ बल्कि क़ायम रहा। कोमल कोठारी उन्हें मोटर-गाड़ी में बिठाकर अपने घर जोधपुर ले गए, वहाँ डॉक्टर का इलाज चलता रहा। कोमल दा के परिवार के लोग उनकी देखभाल करते रहे। इस तरह एक महीना बीत गया। कोमल दा रोज़ाना उनकी कैफ़ियत मुझे बताते रहे। मेरी वर्कशॉप ख़त्म भी हो गई, पर मोनिका का बुख़ार नहीं उतरा। बिलआख़िर हम दिल्ली वापस आए तो मोनिका को मैंने विलिंगडन अस्पताल में दाख़िल करा दिया। डॉक्टर करौली जो दिल की बीमारी के इलाज के माहिर थे, उनकी देखभाल करते रहे, उन्हें तपेदिक़ की दवाइयाँ देते रहे। आख़िर चंद हफ़्तों में वह स्वस्थ होकर घर गईं।

इस सिलसिले का अंत भी दिलचस्पी से ख़ाली न हो, चुनाँचः उसे यहीं बयान कर देना मुनासिब है। हुआ ये कि कुछ बरस बाद मोनिका का किसी मामूली-सी बीमारी के सिलसिले में हम किसी और डॉक्टर से इलाज करवा रहे थे। इलाज के सिलसिले में जब मरीज़ की मेडिकल हिस्ट्री बताई गई, और कहा गया कि कुछ साल पहले इन्हें तपेदिक हो गया था तो डॉक्टर ने कहा तपेदिक़ हो ही नहीं सकता था, ये ग़लत इलाज हुआ। ख़ैर वो ज़माना भी बीत गया। फिर चंद बरसों के बाद इत्तेफ़ाक़न डॉक्टर करौली मुझे मिले तो मैंने उन्हें बताया कि एक डॉक्टर कह रहा था कि मोनिका को तपेदिक़ शायद न हुआ हो तो डॉक्टर करौली कहने लगे, "ये किसने कहा कि उन्हें तपेदिक़ था। तपेदिक़ उन्हें नहीं था। इलाज से वो अच्छी हो गईं। बस, अब इससे क्या मतलब कि उन्हें क्या बीमारी थी। हमलोग कभी-कभी जब बीमारी का पता नहीं लगा पाते तो बजाये रिसर्च में समय बर्बाद करने के हर तरह की दवाएँ देकर आज़माते रहते हैं। यही हुआ मोनिका के साथ भी। दूसरी तमाम दवाओं से उनकी तबीयत में फ़र्क़ नहीं आया। जब

तपेदिक की गोलियाँ दीं, तो उनका स्वास्थ्य ठीक होने लगा। लेकिन इसका ये मतलब नहीं कि उन्हें तपेदिक़ था। अब अच्छी है ना? बाकी फ़िक्र छोड़ो।''

बोरुंदा में इन तमाम घटनाओं के बावजूद मैं काम करता रहा। लेकिन 'नया थियेटर' के कलाकारों के इम्प्रोवाईज़ेशन से भी अगमराज 'खिलाड़ी' के कलाकारों में कोई फ़र्क़ आता नज़र न आया। मैंने कुछ दिन उनके अपने खेल देखने में लगा दिए थे। उनके स्टॉक में से 'अमर सिंह राठौर' और 'राजा हरीशचंद्र' जैसे नाटक देखे। उनमें किसी में कोई जान नज़र न आई। मैंने अगमराज से पूछा, 'इन नाटकों की कहानियाँ सभी लोग जानते हैं, इनमें कोई नवनीता का पहलू भी नहीं है फिर भी तुम इन नाटकों को लिए सारे हिंदुस्तान में फिरते हो, और लोग उन्हें देखते रहते हैं, आख़िर क्यों? तुम्हारे नाटकों की सफलता का राज़ क्या है?'' अगमराज ने बताया, ''कहानी देखने कौन आता है? दर्शक तो हमारे गाने सुनने आते हैं। फ़रमाइश पर फ़रमाइश होती रहती है। हम उन फ़रमाइशों पर फ़िल्मी गाने सुनाते रहते हैं और रात बीत जाती है। आज तक किसी नाटक की कहानी अंत तक हम नहीं दिखा सके हैं।''

हरियाणा की स्वाँग वर्कशॉप में एक गाँव के आदमी ने मुझसे एक बहुत पते की बात कही थी। उसने कहा था, ''साब! दर्शक तीन प्रकार के होते हैं : सुर-मस्त, ताल-मस्त और हाल-मस्त। सुर-मस्त वह जो गाना सुनने आते हैं, और गाने वाला चाहे बेताला हो, अगर सुरीला है तो वह जमे रहेंगे। ताल-मस्त वह, जो ताल पर झूमते हैं, गाने वाला चाहे कितना ही बेसुरा हो, कनसुरा हो, लेकिन अगर ताल में है तो टलेंगे नहीं, सुनते रहेंगे। तीसरा हाल-मस्त! ऐसा आदमी नशे में झूमता हुआ आता है, और चाहता है कि रात भर कुछ-न-कुछ हंगामा होता रहे। उसे इससे मतलब नहीं कि गवैया बेसुरा है या बेताला है। उसे महफ़िल चाहिए जो जमी रहे। वह जब तक जमी है, वह भी जमा है। वह उखड़ी, तो वह भी उखड़ा।''

गोया अगमराज भी यही कह रहे थे। मैंने उनसे कहा हम चाहते हैं कि नाटक ऐसा होना चाहिए जिसमें दर्शक लगातार इस सोच में पड़ा रहे कि अब क्या होगा। अब आगे क्या होगा? चुनाँचः हम तुम्हारे नाटक में परिवर्तन करने के बजाए एक नई कहानी पर नाटक खड़ा करना चाहेंगे। हमने बिज्जी की 'सच्चाई की बिसात' शीर्षक वाली कहानी के आधार पर नाटक की तैयारी शुरू की, मगर चार दिनों के अंदर-अंदर हमारी सब कोशिशें फ़ेल हो गईं। इसका मुख्य कारण यह था कि ''ख़्याल'' एक म्युज़िकल शैली है, संगीत-प्रधान है। एक प्रकार का ऑपरा है, जिसमें गानों का और नाच का महत्त्व संवाद की तुलना में कहीं ज़्यादा है। जैसे

मध्यप्रदेश का 'माच', हरियाणा का 'स्वांग', उड़ीसा का 'प्रह्लाद', उत्तरप्रदेश की 'नौटंकी' आदि। मैंने देखा कि इस पार्टी में एक-से-एक बढ़िया गानेवाले और नाचनेवाले तो मौजूद थे, एक्टर कम थे, बल्कि सिरे से थे ही नहीं। सिवाय एक आदमी के! पखराज। पखराज एकमात्र एक्टर था। और ऐसा कि जिसमें अभिनय की क्षमता कूट-कूटकर भरी थी। पखराज बेहतरीन कमेडियन भी था। बाक़ी कलाकार संवाद, गति और अभिनय में कमज़ोर थे। और मुझे ज़रूरत थी एक से ज़्यादा अभिनेता की। चुनांचः मैंने उस कहानी पर नाटक बनाने का ख़्याल छोड़कर एक दूसरी राजस्थानी कहानी उठा ली, ''ठाकुर रो रुसनो''। ये भी विजयदान ही ने सुनाई थी। इसमें एक अभिनेता से काम चल गया, क्योंकि सारी कहानी मूल रूप से एक व्यक्ति के गिर्द घूमती है। बाक़ी और भूमिकाएँ अभिनय की दृष्टि से छोटी-छोटी थीं। गानों और नाच के ज़रिये पात्र कहानी को आगे बढ़ाते थे। नाटक का नाम मैंने बदलकर ''ठाकुर प्रितिपाल सिंह' रख दिया।

मैंने वही सबक़ बोरुंदा में दूसरी बार सीखा, जो एक साल पहले 1973 में रायपुर नाचा वर्कशॉप में पहली बार सीखा था जिसके नतीजे में ''गाँव के नाँव ससुरार मोर नाँव दमाद'' जैसा नाटक निकलकर आया था। सबक़ ये था कि कभी किसी वर्कशॉप के लिए सारी बातें पहले से सोचकर मत जाओ। इलाक़े में पहुँचकर वहाँ के हालात देखो, कलाकारों को मंथन में डालो, और इन्हीं परिस्थितियों से जो प्रेरणा मिले और जो कहानी उत्पन्न होती नज़र आए, बस उसके सहारे आगे बढ़ते चलो यही एक रास्ता है!

भिलाई वर्कशॉप! भिलाई वर्कशॉप!

राजस्थानी नाट्य शिविर के 'ठाकुर प्रितिपाल सिंह' के बाद नवंबर-दिसंबर 1974 में, मैं भिलाई में बैठा बहुतेरी छत्तीसगढ़ी नाचा मंडलियों के साथ एक महीने तक काम करता रहा। हमेशा की तरह 'नया थियेटर' के कुछ कलाकार भी मेरे साथ थे। इस वर्कशॉप का उद्देश्य कुछ और था। अच्छी मंडलियों की तलाश, फिर उनके अच्छे खेलों को छाँटकर माँझना और उन्हें मंच पर प्रस्तुत करना! चोर की कहानी, जिसका शीर्षक विजयदान ने अपनी हिंदी किताब ''उलझन'' में ''सच्चाई की बिसात'' रख छोड़ा था, मुझे अंदर ही अंदर सताती रही थी। चुनांचः जब मेरा असली काम कोई तीन हफ़्तों में पूरा होता नज़र आया, तो मैंने आख़िर के चार-पाँच दिन इसी कहानी पर कुछ तजुर्बे कलाकारों की मदद से करने में लगा दिए। वर्कशॉप के पाँचों नाटक पहले बालोद में प्रस्तुत करने के बाद जब दूसरी

बार कोई अठारह हज़ार आदमियों के सामने खुले मंच पर भिलाई में वही नाटक खेले जाने लगे, और सुबह होने को आई तो मैंने दर्शकों से कहा कि "हम एक नया नाटक तैयार करने जा रहे हैं। अभी ये दिमाग़ के कारख़ाने से पूरी तरह नहीं निकला है, और न एक्टरों की तैयारी अभी पूरी हुई है, फिर भी ये देखते हुए कि इस मंचन की आयोजक एक सतनामी संस्था है, और यहाँ सतनामी दर्शक हज़ारों की संख्या में जमा है, और हमारे नाटक का आधार 'सतनाम' धर्म है, अगर आप कहें तो हम इस अधपके नाटक को भी अभी प्रस्तुत कर दें!" सबने एक-आवाज़ होकर कहा, "हो! ज़रूर दिखाओ, हम मन ला कोई जल्दी नई है! अभी भोर कहाँ हुए है?"

विजयदान ने अपनी कहानी में चोर को कोई नाम नहीं दिया है। हम नाम सोचने में लगे थे। पहले सोचा चोर मरने के बाद अमर हो जाता है, क्यों न उसका नाम "अमरदास" रखें। पंथियों ने कहा "ये नाम नहीं हो सकता, अमरदास नाम के हमारे एक गुरु गुज़रे हैं।" हमने दूसरा नाम तजवीज़ किया। ये दूसरे गुरु का नाम निकला। आख़िर हमने भिलाई के शो के लिए "चोर चोर" नाम रख दिया, और आगे चलचकर "चरन दास" रख लिया। नाचा पार्टियों में हमारे साथ वर्कशॉप में धमतरी के अछोटा गाँव की नाचा पार्टी भी थी, उसके लीडर थे रामलाल निर्मलकर। अच्छे कॉमिक एक्टर थे। उनसे कहा, चोर की भूमिका में खड़े हो जाओ।

मैंने दर्शकों से कहा, "हो सकता है कि बीच में उठकर मुझे किसी अभिनेता की जगह ठीक करना पड़े या संवाद में मदद करना पड़े तो आपलोग कृपया इस बात को नज़रअंदाज़ कर दीजिएगा।" बिल्कुल यही हुआ। मुझे न सिर्फ़ एकाध बार उठकर किसी सैनिक की मंच पर जगह ठीक करनी पड़ी क्योंकि आगे चलकर इसके कारण सीन में बाधा पड़ने का अंदेशा था बल्कि बीच-बीच में आर्केस्ट्रा के साथ बैठकर ख़ुद गाने भी गाता रहा। गाने उस वक्त तक लिखे नहीं गए थे। मैंने पंथी गीतों की एक छोटी-सी पुस्तक अपने पास रख ली थी। साज़िन्दे हमारे अपने हमारे साथ थे ही बस मैं गाता रहा, कोरस में गाने वाले कलाकार दुहराते रहे, और इस तरह कोई पैंतालिस-पच्चास मिनट में नाटक समाप्त हुआ तो मैदान तारीफ़ और तालियों से देर तक गूँजता रहा।

मुझे दर्शकों की राय मिल गई थी। उन्होंने नाटक को अपनी कच्ची शैली और बाक़ी सब कमज़ोरियों के बावजूद पसंद कर लिया था। दर्शकों में सभी लोग पंथी थे और पंथियों का बुनियादी उसूल है : "सत्य ही ईश्वर है, ईश्वर ही सत्य है।"

यही उसूल उनके रोज़मर्रा के पारंपरिक गीत में भी है, और उसी गीत पर हमने नाटक ख़त्म किया था। बस ये सब देख-सुनकर उनकी भावुकता उबल पड़ी थी। इस भावुकता का एक कारण ये भी हो सकता है कि उन्हीं के पंथ का एक व्यक्ति नाटक का नायक था जिसे नाटकों में पहले कभी नहीं देखा गया था। पंथ की स्थापना से पहले गुरु घासीदास स्वयं एक डाकू थे। शूद्र वर्ग के लोगों ने सतनामी धर्म अपनाया तो उन्होंने समाज में उनकी आत्महीनता दूर करने के लिए उन्हें जनेऊ पहनने का आदेश दिया। इन तमाम चीज़ों के बावजूद आजतक उनका मुक़ाम गाँव के बाहर है। उनका कुआँ, उनका पानी समाज से अलग है। इन्हीं कारणों से सतनामियों में अपने धर्म के प्रति जोश होता है। वे अपनी सुरक्षा के लिए लाठी चलाने में भी निपुण होते हैं और जहाँ तक अपने अधिकारों के लिए लड़ने का संबंध है तो इतिहास सैकड़ों साल से उनके आंदोलनों, उनके संघर्ष से भरा पड़ा है।

नाटक से पहले फ़िल्म! नाटक से पहले फ़िल्म!

भिलाई वर्कशॉप से कुछ महीना पहले जब हम अपने नाटक ''गाँव के नाँव ससुरार मोर नाँव दमाद'' के गाँव-गाँव शो करते फिर रहे थे तो उस वक़्त श्याम बेनेगल अपने अमले के साथ, जिसमें गिरीश घानेकर कैमरा पर थे, 'नया थियेटर' पर एक डाक्युमेन्ट्री फ़िल्म बनाने में लगे हुए थे। मैंने चोर की राजस्थानी कहानी के आधार पर नाटक तैयार करने की अपनी योजना उन्हें बताई। उसी वक़्त उन्होंने फ़ैसला कर लिया कि उस कहानी पर एक फ़ीचर फ़िल्म बनायेंगे। ये घानेकर वही थे जिनके पिता के साथ मैं सन् 1945-48 में 'फ़ेमस पिक्चर्स' स्टूडियो में विज्ञापन की फिल्में बना चुका था। आगे चलकर गिरीश ख़ुद अपने डायरेक्शन में फ़िल्में बनाने लगे थे। श्याम ने मुझसे स्क्रीन-प्ले लिखने के लिए कहा। फ़िल्म वह बना रहे थे Children's Film Society की तरफ़ से बच्चों के लिए! चुनांचः उन्हें कहानी का अंत पसंद नहीं था। चोर के मरने पर वह फ़िल्म ख़त्म नहीं करना चाहते थे। उनका कहना था कि बच्चों के लिए कहानी का ये अंत उचित नहीं। उन्होंने कहा कि चोर के मरने के बाद परलोक का एक सीन और लिखो ताकि इस दुखद अंत के बजाए चोर की कहानी आख़िर तक प्रहसन बनी रहे।

बच्चों के साहित्य के विषय में मेरी कुछ और राय थी। मेरी राय में बहुतेरी भयानक कहानियाँ बच्चे मज़े ले-लेकर सुनते और पढ़ते हैं, और उनसे कोई ख़राब असर क़बूल नहीं करते। बहरहाल मैंने फिल्म के लिए परलोक का एक सीन भी

लिख लिया, जिसमें मरने के बाद चरन दास चित्रगुप्त के सामने पहुँचता है और उसके खाते से अपना नाम चुपके से फाड़ लेता है। जब चित्रगुप्त अपने खाते का पन्ना ग़ायब देखकर चरन दास पर शक की नज़र डालते हैं तो वह उस काग़ज़ को पान की तरह लपेटकर मुँह में रख लेता है। चित्रगुप्त उसे मुँह खोलकर दिखाने के लिए कहते हैं तो चरन दास काग़ज़ को निगल लेता है। लाचार चित्रगुप्त चरन दास का नाम अपने खाते में न पाकर कहते हैं, ''तुमको यमराज ने क्यों मारा? तुम्हारा नाम तो मेरे खाते में नहीं है।'' इतने में अपने भैंसे पर सवार स्वयं यमराज पहुँच जाते हैं, लेकिन जैसे ही वह अपने वाहन से उतरते हैं, चरन दास उनके भैंसे पर चढ़कर चंपत हो जाता है। शाम के बादल आकाश पर मँडराते नज़र आते हैं। कमेंटरी के शब्द जो सुनने में आते हैं वे ये हैं, ''बच्चो, वह जो बादल तुम देख रहे हो वह दरअसल चरन दास चोर है जो यमराज के भैंसे पर सवार भागा जा रहा है। उसके पीछे आसमानी पुलिस है जो अब तक उसका पीछा कर रही है।'' बस यहाँ फ़िल्म समाप्त होती है।

श्याम ने चोर के पार्ट के लिए लालूराम को चुना। मैं चौंका, क्योंकि मेरी नज़र में मदन लाल इस भूमिका के लिए ज़्यादा मुनासिब थे। बहरहाल फ़िल्म के डायरेक्टर श्याम थे। मेरे दोस्त थे, मेरे दिल में उनकी बहुत इज़्ज़त थी और है। मैं जानता था कि सिनेमा मीडियम बेहतर जानते हैं। लालूराम की शक्ल कैमरा के लिए उन्हें ज़्यादा मुनासिब लगी होगी। फिर ये बात भी है कि मंच की बनिस्बत फिल्म में चेहरे का महत्त्व ज़्यादा है। लालूराम काले थे गिठ्ठे थे और तिरपर थे। बस श्याम को उनका ये असाधारण चेहरा चोर के लिए जंच गया होगा। आख़िर वो उन डायरेक्टरों में तो हैं नहीं जो हीरो के लिए ख़ूबसूरत चेहरे, चॉकलेट फेस की तलाश में फिरा करते हैं। फिर फ़िल्म और स्टेज की एक्टिंग में कुछ फ़र्क़ भी है। फ़िल्म की भाषा अलग है, उसके माध्यम का संबंध छाया से ज़्यादा है और शब्द से कम! चुनांचः एक्टर न होते हुए भी आदमी फ़िल्म में सफलतापूर्वक काम कर सकता है, बस आदमी बेबाक हो और उसका चेहरा मोबाइल हो। इस मामले में स्टेज के लवाज़मात कुछ ज़्यादा हैं। बहरहाल लालूराम ईमानदार चोर और मदनलाल चोर के बेईमान दोस्त के लिए चुन लिए गए। श्याम को फिल्म के लिए हीरो के लिए एक साथी (Foil) की ज़रूरत थी। यानी चोर की सच्चाई की आबोताब दोस्त के झूठ और दग़ा को देखते हुए कुछ और बढ़ जाए। स्टेज के लिए मुझे उसकी ज़रूरत पेश नहीं आई, जिसकी एक वजह यह भी थी कि स्टेज का मीडियम एक्टर को इजाज़त देता है कि वो ख़ुद अपना परिचय और अपने इरादों का परिचय सीधे दर्शकों से संबोधित होकर

दे दे। चुनांचः मैंने नाटक में से फ़िल्म के इस पात्र को काट दिया।

फ़िल्म में स्मिता पाटिल ने रानी का पार्ट अदा किया जो उस वक़्त पूणा फ़िल्म एकेडमी से निकली थीं। फिल्मों में ये उनकी सबसे पहली भूमिका थी। इसी तरह दासी का पार्ट भी एकेडमी ही की एक नौजवान लड़की ने अदा किया। फ़िदा बाई जो रानी की भूमिका के लिए नाटक में चुनी गई थी। उन्होंने फ़िल्म में छत्तीसगढ़ी नाचा पार्टी की एक नर्त्तकी और गायिका का पार्ट अदा किया। वैसे ही माला बाई, जो नाटक में दासी बनी थीं, फ़िल्म में नाचा पार्टी की गायिका बनीं।

फ़िल्म और नाटक दोनों में ठाकुर राम गुरु और बाबूदास बघेल हवलदार बने। 'नया थियेटर' के दीगर कलाकारों ने फिल्म में हिस्सा ज़रूर लिया लेकिन कुछ नए सीन जो फिल्म में थे और नाटक से निकाल दिए गए थे, उनमें छोटी-छोटी नई भूमिकाएँ निभाईं। कैमरा पर गोविंद निहलानी थे जो पहले कैमरा मैन और आगे चलकर डायरेक्टर की हैसियत से मशहूर हुए।

फ़िल्म का नाटक पर दबाव! फिल्म का नाटक पर दबाव!

ग़र्ज़ फिल्म पहले बन गई और नाटक बाद में तैयार हुआ। अब जो मैं देखता हूँ तो फ़िल्म ने नाटक पर जो ग़ज़ब ढाया था, वो मुझसे सँभाले नहीं सँभल रहा था। मैं 95 साउथ एवेन्यु के अपने एम पी वाले फ्लैट के ड्राइंगरूम में रिहर्सल कर रहा था। ये बात अप्रैल 1975 की है, और मई में कमानी हाल में 'चरन दास चोर' का शो तय पा चुका था। एक महीने के अंदर मुझे नाटक में से वो सारी चीज़ें हटा देना था जो कथानक और विषय की रवानी और हमआहंगी की राहों में बुरी तरह बाधा डाल रही थीं। मुश्किल ये थी कि फ़िल्म से नाटक के लिए कुछ चीज़ें बेहद नायाब मिल गई थीं, मसलन वो दृश्य जिसमें मंत्री उद्घाटन करता है। इसके इलावा दूसरे बेहद ख़ूबसूरत सीन फ़िल्म में थे जिनसे छुटकारा पाना मेरे लिए मुश्किल हो रहा था। और उनसे छुटकारा पाना मुश्किल भी था। मिसाल के तौर पर अदालत वाला सीन, जिसमें चरन दास चोरी के जुर्म में अदालत के कटहरे में खड़ा है। सीन बेहद दिलचस्प लिखा गया था और तमाशा ये कि जज का पार्ट मैं ख़ुद कर रहा था, और मुझे इस पार्ट में बहुत मज़ा आ रहा था, और सिर्फ़ मुझको नहीं दूसरे कलाकारों को और उन लोगों को भी जो सिर्फ़ रिहर्सल देखने आया करते थे। मैं कपड़ा काटने की दर्ज़ी की बहुत बड़ी क़ैंची से अपने नाख़ुन काटते हुए बेवक़ूफ़ी के सवाल करता था। फिल्म में पढ़ने का चश्मा नाक पर टिका होता था, आँखें चश्मे के ऊपर उठाकर मुजरिम को देखता था, और जब बोलता था तो कुछ हकलाकर बोलता था। इस सीन को रखने के लालच से ऊपर उभरने में मुझे देर लगी। अलबत्ता

चोर का साथी (Foil) फ़ौरन काट दिया गया जौहरी की दुकान की चोरी का सीन भी दिलचस्प था मगर कट गया। एक गधा भी था जो फ़िल्म में असली था, चरन दास उस पर सवार होकर निकलता था। नाटक के रिहर्सलों में, मैंने दो एक्टरों को मिलाकर एक गधा बनाया, बाद में उसे भी रद्द कर दिया। ये सब हुआ लेकिन एक सीन से पीछा छुड़ाना तक़रीबन नामुमकिन हो गया था। वो था परलोक की चोरी का सीन। उसके रिहर्सल में ठाकुर रामचित्रगुप्त का पार्ट करते थे, और इस मज़े से करते थे कि हँसी से लोगों के पेट में बल पड़ जाते थे। फिर चोर की भूमिका में उनके जोड़ीदार मदनलाल थे। वैसे भी ये दोनों जब-जब मंच पर एक साथ उतरते चाहे नाटक कोई सा भी हो, लोगबाग एक पल भी हँसी बिना नहीं रह सकते थे। बस ये दृश्य हमारे दिलो-दिमाग़ में बस गए। एक दिन मैंने राजीव सेठी और इंद्र राज़दान, दोनों को रिहर्सल देखने के लिए बुलाया। दोनों थियेटर के आदमी थे और अच्छे Visual Artist भी! राजीव हमें सेट डिज़ाइन देने वाले थे, और इंद्र अपनी वर्कशॉप "नाटिका" में पेपरमेशी से गहने और दीगर सामग्री बनवा रहे थे। नाटक लगभग तैयार था। मैंने उन्हें पूरा नाटक दिखाया, और आख़िरी सीन दो अलग-अलग अंत लिए हुए दिखाए।

कमानी में पहला शो! कमानी में पहला शो!

सबकी राय हुई कि चित्रगुप्त के सीन को न काटा जाए फिर भी कमानी के पहले शो में मैंने नाटक बिना परलोक के सीन को दिखाने का फ़ैसला कर लिया। मैंने कहा, "एक दिन इस तरह शो करके देख लेते हैं, अगर नहीं जमा तो दूसरे दिन उस सीन को वापस ले आएँगे।" मोनिका कहती रह गईं कि "तुम बस यही करते रहो। वही होगा जो पहले एकाध बार हो चुका है। लोग देखेंगे और बाहर जाकर यही कहेंगे कि नाटक बोरिंग है।" बात फैल जाएगी, फिर तुम इसे बदलते होगे, बस। इसके बाद कोई देखने न आएगा।"

क़िस्सा कोताह, नाटक हुआ, मैं अपने फ़ैसले पर अटल रहा। लोग देखते रहे, हँसते रहे, फिर चरन दास के मारे जाने पर एकदम सन्नाटा छा गया। लोग ख़ामोशी से धीरे-धीरे उठने लगे, जाते-जाते उन्होंने देखा कि नाटक मौत पर ख़त्म नहीं हुआ, चल ही रहा है। एक गाना, उसके बाद आख़िरी गाना। पहले में लोगों की लंबी क़तार फूल लिए धीरे-धीरे बढ़ी। जिस जगह चोर की मौत हुई थी वहाँ सफ़ेद पंथी झंडा स्थापित कर दिया गया था, उस पर नारियल चढ़ाया गया, फूल फेंके गए, इसके बाद आख़िरी गाना, "एक चोर ने रंग जमाया" कोरस ने गया, और गाने

के अंत में हॉल देर तक तालियों से गूँजता रहा, गूँजता रहा। लोग हॉल में खड़े थे, बहुत से दरवाज़ों तक पहुँच गए थे, जहाँ-जहाँ थे वहीं खड़े-खड़े बस देर तक तालियाँ बजाते रहे। नाटक कामयाब हुआ। राजीव दौड़ा हुआ आया और लिपटकर बोला, ''यू आर ए जीनियस! इट इज़ वंडरफ़ुल!''

बस वह शो आज तक नहीं भूलता। साफ़ ज़ाहिर था कि लोग मौत के अंजाम की बिल्कुल उम्मीद नहीं कर रहे थे, बस इस सीन को देखकर देर तक सकते के आलम में आ गए। ग़नीमत है आख़िरी सीन को बदलने की नौबत नहीं आई। राजीव, इंद्र, मोनिका सब इस अंत पर राज़ी हो गए!

नए नाटक के बारे में समय से पहले ये सोच लेना कि वह सफल होगा या नहीं, असंभव है। परख की अंतिम कसौटी दर्शक ही होता है। निर्देशक अपनी तरफ़ से पूरी कोशिश कर चुकने के बाद प्रस्तुती को उस अंतिम कसौटी पर छोड़ देने पर मजबूर है। कोई सत्तर आर्टिस्ट कमानी के शो में मैंने उतार दिए थे। ज़िला दुर्ग के ग्राम धनौरा के देवदास बंजारे की पंथी पार्टी के बारह सदस्यों के अलावा बारह सदस्यों की महिला पंथी पार्टी भी थी। लिटूल बेले ट्रुप के रानू बर्धन और हेमंत दास गुप्ता के साथियों ने, संगीत की रचना भी की थी। आर्केस्ट्रा में रानू बर्धन खुद सितार पर थे और हेमंतदास गुप्ता, जिन्हें हम उषा दा कहते थे, विचित्र वीणा पर। उनके अलावा एल बी टी के दिनेश सरोद पर और ज्ञान शर्मा, जो बाद में आकाशवाणी में आ गए थे, चेलो (Cello) पर थे। दो आर्टिस्ट वॉयलिन बजा रहे थे। म्युज़िक में बहार आ गई थी। ग़र्ज़ हमने दर्शकों पर धौंस जमाने में कोई कसर न उठा रखी थी।

राजीव सेठी, सब जानते हैं कि अच्छे डिज़ाइनर हैं लेकिन ये बात शायद कम लोग जानते हैं कि वो एक अच्छे एक्टर भी हैं। अपने कॉलेज के ज़माने में उन्होंने ऑस्कर वाइल्ड की कॉमेडी 'लेडी विंडरमेयर्स फ़ैन' में बहुत अच्छा और वाइल्ड ही के ख़ास स्टाइल में पार्ट किया था जो मैंने बरसों पहले लेडी इर्विन कॉलेज के लिए अंग्रेज़ी में पेश किया था।

पहला सेट जो राजीव ने डिज़ाइन किया था, उसमें भी थोड़ी बहुत ताम-झाम थी। चबूतरा वही था, छः फिट बाई बारह फ़िट, ऊँचाई नौ इंच! लेकिन वह पेड़, जो बाद की तमाम प्रस्तुति में और आज तक चबूतरे के पीछे, बीच से जरा हटकर स्थापित किया जाता है, उसके बजाए कमाने के शो में चबूतरे के ऊपर पीछे की तरफ़ लकड़ी का एक 'कुंदा' लगाया गया था, जिस पर परदे लटके थे। परदों पर तस्वीरें पेंट कर दी गई थीं, यह दिखाने के लिए कि ये मंदिर, चौपाल, मालगुज़ार

का गोदाम, सरकारी ख़ज़ाना या रानी की ख़्वाबगाह है। परदे रस्सियों पर थे, रस्सियां चर्ख़ियों पर, और जब कोरस के लोग सामने एक कोने में खड़े गा रहे होते थे और बाक़ी मंच पर अँधेरा होता था तो राजीव ख़ुद परदे उठाने-गिराने में लग जाते थे।

बाद में मैंने देखा कि हमें जगह की पहचान दर्शाने की आवश्यकता नहीं है। मैंने उसी एक चबूतरे का प्रयोग अलग-अलग दृश्यों में अलग-अलग ढंग से किया है। कभी सीन चबूतरे पर, कभी चबूतरा छोड़कर मंच के बाक़ी हिस्से पर सीमित, और कभी दोनों जगहों का इस्तेमाल। गोया इस तरह संतुलन बदल-बदलकर और फिर संवाद के शब्दों और अभिनेताओं की मुद्रा, सामग्री और एक्शन की मदद से दर्शक पहचान लेते हैं कि जगह कौन सी है। चुनांचः चंद एक शो के बाद सेट पहले यूँ बदला कि चबूतरे के पीछे बीच से ज़रा हटकर जहाँ आजकल केवल एक पेड़ होता है, वहाँ दो बाँस ज़रा तिरछे ज़ाविये (कोण) पर खड़े कर दिए जाते और ऊपर उन बाँसों के बीच पेड़ की एक शाख़ लगा दी जाती।

आगे चलकर ये एहतेमाम भी ख़त्म हुआ, महज़ पेड़ रह गया। फिर उस पेड़ में कुछ और सादगी आ गई। लकड़ी का एक चौखटा खाँचा बनाकर, उसके अंदर एक मोटे और अंदर से खोखले बाँस का कोई तीन फ़िट लंबा टुकड़ा जो हम साथ लेकर चलते, ठोंक दिया जाता, और उस बाँस के अंदर किसी पेड़ से काटी हुई कोई चार-पाँच फ़िट ऊँची पत्तों भरी डाले लगा दी जाती, बस! कमानी के चार शो के तुरंत बाद *त्रिवेणी* के खुले मंच पर बारह शो एक साथ हुए। हर रोज़ हॉल भरा रहा। और उसके फ़ौरन बाद बारह शो हरियाणा के शहरों में कराए गए। बस गोया नाटक चल पड़ा। महिला पंथी पार्टी *त्रिवेणी* तक साथ रही, उसके बाद वापस भेज दी गई। संगीत वालों का पूरा अमला हरियाणा भी गया, और उसके बाद भी बहुत दिनों तक साथ-साथ चलता रहा। फिर वो भी कम होते-होते तबला, पेटी, क्लेरिनेट, मंजीरा, ढोलक में सीमित होकर रह गया। और इस तरह नाटक को हल्का-फुल्का बनाकर हम सारे हिंदुस्तान की गर्दिश करते रहे।

कलकत्ता चोर को ले उड़ा! कलकत्ता चोर को ले उड़ा!

इस गर्दिश में कलकत्ता केंद्र बन गया था। कलकत्ता हम इस नाटक को हर साल, और कभी-कभी एक ही साल में दो तीन बार ले जाते रहे। सबसे पहले कलकत्ता के प्रसिद्ध लेखक और समीक्षक अशोक सेन ने बुलाया, बड़ी शान से उसका एक मैदान में मंचन करवाया जिसमें शंभू मित्रा भी आए। उस वक़्त मदनलाल चोर की भूमिका में नहीं थे, उनकी जगह गोविंद निर्मलकर आ गए थे। बरसों बाद जब

शंभू मित्रा ने सुना कि इसी पार्ट में दीपक तिवारी आ गए हैं तो पहले तो उन्होंने कहा गोविंद की बात किसी दूसरे अभिनेता में नहीं आ सकती, और जब आगे चलकर दीपक को देखा तो कहने लगे, ये भी बहुत अच्छा है, इसका अंदाज़ जुदागाना है। किसी ने कहा, ''शंभू दा! आपने मदनलाल को नहीं देखा, वर्ना शायद आप किसी को भी ख़ातिर में न लाते।'' बाद में अशोक मित्रा ने चार नाटकों का आयोजन किया, जो रवींद्र सदन में प्रस्तुत किए गए। उनमें 'मिट्टी की गाड़ी', 'लाला शोहरत राय', 'गाँव के नाँव ससुरार मोर नाँव दमाद' के साथ 'चरन दास चोर' भी शामिल था। इस दफ़ा सत्यजीत राय तशरीफ़ लाए, और उन्होंने चारों नाटक बड़े शौक़ से देखे।

अशेक मित्रा के बाद सुब्रोतो पाल ने भी खुले मैदान में हज़ारों के मजमे में 'चरन दास चोर' करवाया। बस अब तक सारे शहर में नाटक मशहूर हो चुका था। लोगों का ताँता बँधा रहता था। *नंदीकार* ने अपने सालाना उत्सव के लिए फ़ाइन आर्ट्स एकेडमी थिएटर में एक बार क्या बुलाया कि बरसों बुलाते रहे। वो इस नाटक में ऐसे उलझे कि हर साल एक नया नाटक बुलवाते मगर उसके साथ हमेशा ''चरन दास चोर'' की फ़रमाईश ज़रूर करते। ये बात बिल्कुल वही थी जो पारसी थिएटर के ज़माने में अमानत की 'इंद्रसभा' के साथ हुआ करती थी। वो शहर-शहर घूमकर अपनी रिपर्टरी के ड्रामे दिखाती रहती थीं, 'मुहब्बत का फूल', 'सीता बनवास', 'बिल्वा मंगल', 'यहूदी की लड़की' आदि और जब ये नाटक किसी-किसी जगह चलते दिखाई न देते और क़ल्लांच हो जाने का भय आ घेरता तो अपनी झोली से वही जादूई सामान यानी अमानत की 'इंद्रसभा' निकालकर पेश कर देते। हॉल फिर भरना शुरू हो जाता। इसीलिए हर पारसी थिएटर कंपनी कोई और ड्रामा रखे न रखे, अमानत की 'इंद्रसभा' ज़रूर अपनी रिपर्टरी में शामिल कर लेता था। बिल्कुल यही हाल 'चरन दास चोर' का था। *नंदीकार* को यक़ीन था कि 'नया थियेटर' के दूसरे ड्रामों में टिकट बिकें न बिकें, 'चरन दास चोर' में ज़रूर हाल भर जाएगा और होता भी यही था।

बॉक्स ऑफ़िस दस बजे खुलता था, दर्शक टिकट ख़रीदने के लिए चार-पाँच बजे सुबह से काउंटर पर जम जाते थे। एक बार जब *नंदीकार* के तत्वाधान में रवींद्र सदन में 'चरन दास चोर' आयोजित था, सुबह सवेरे से मुसलाधार पानी बरस रहा था, फिर भी टिकट ख़रीदने लोगों की भीड़ तड़के से इकट्ठा हो गई, और थोड़ी देर में सब टिकट बिक-बिका गए। बारिश देर तक उसी ज़ोरो-शोर से होती रही, *नंदीकार* वालों ने देखा कि एक बहुत बड़ा मजमा थिएटर के बरामदे में टिकट से निराश होकर पानी रुकने का इंतेज़ार कर रहा है और उसमें भारी संख्या में विद्यार्थी भी हैं, तो उन्होंने

सबको दिलासा देने की ख़ातिर मुफ़्त कॉफ़ी बाँट दी! 'चरन दास चोर' न सही, मुफ़्त कॉफ़ी सही!

सुब्रोतो पाल ने मुझसे कहा, "हबीब तुम्हारे नाटक से आयोजकों को तो फ़ायदा हो रहा है लेकिन तुम्हारा थिएटर वो पैसा नहीं कमा रहा है, जो चाहिए! तुम ऐसा क्यों नहीं करते, एक बार अपनी तरफ़ से कलकत्ता में शो करो और दो-चार नहीं, कम से कम बीस शो करो। यूनिवर्सिटी थिएटर में करो। बुकिंग मैं कर दूँगा, पब्लिसिटी हम करवा देंगे, टिकट भी छपवा देंगे, बॉक्स ऑफिस और थिएटर हाल में इंतेज़ाम के लिए हम अपने वालंटियर तैनात कर देंगे, बस तुम हाँ कहो। हम सोचकर मुनासिब टाइम तय कर देंगे, तुम आओ और बस सिर्फ़ शो लेकर आओ, ठहरने की व्यवस्था और बाकी सब काम हम पर छोड़ो। मुझे यक़ीन है तुम 'नया थियेटर' के लिए बहुत पैसे कमाओगे।"

हम गए और बीस शो हमने किए। 'यूनिवर्सिटी थिएटर' कलकत्ता के उत्तर में है। कलकत्ता के बहुत से पुराने पेशावर थिएटर उन्नीसवीं सदी से वहीं स्थापित रहे हैं। उन्हीं में से एक मशहूर थिएटर 'स्टार थियेटर' है, जहाँ उस वक़्त तक उसी पुराने ढंग के नाटक होते भी रहे थे। ये 'स्टार थियेटर' के जल जाने से पहले की बात है। ऐसी जगह पर दर्शकों की वैसे भी कमी नहीं थी। चुनांचः हमारे शो में अक्सर हॉल बिल्कुल भर जाता था और कभी अगर पूरा हाल नहीं तो तीन चौथाई लोगों से भरा होता था। जब बीस दिन ख़त्म होने पर आए, तो आखिर के चार-पाँच दिन थिएटर छकाछक भर जाता और बहुत से लोगों को वापस जाना पड़ता। यहाँ तक कि आख़िरी शो में भी बहुत से दर्शक निराश वापस गए।

थिएटर के मामले में कलकत्ता एक अजीब शहर है। मुंबई और दिल्ली की तरह यहाँ थिएटर जाने वालों का कोई विशेष वर्ग नहीं। सभी लोग, लगभग सारा कलकत्ता, शायद सिवा बड़े-बड़े महाजनों और व्यापारी तबक़े के लोगों के, हर व्यक्ति थिएटर जाता है अगर नाटक अच्छा हुआ तो महीनों, बरसों चलता रहता है। पहले बंगला भाषा में ये हाल था और अब हर थिएटर के लिए दर्शक मौजूद हैं, जिनमें प्रोफ़ेसरों, छात्र-छात्राओं, पत्रकारों, लेखकों, आर्टिस्टों के अलावा आम आदमी हर वर्ग का शामिल है। क्या रिक्शा चलाने वाले क्या तरकारी-भाजी बेचने वाला, बस ये ख़बर पहुँच जाए थिएटर अच्छा है, हर व्यक्ति किसी न किसी तरह पहुँच जाने के लिए आमादा रहता है। चाहे शंभू मित्रा का "चार अध्याय" हो चाहे साँवली मित्रा का 'द्रौपदी', चाहे 'चरन दास चोर'! बस अच्छा हो, और अगर अच्छा न हुआ तो ये भी सच है कि फिर कोई नहीं पूछता।

एक बार हमारे साथ यही हुआ। हम चार नाटक लेकर गए थे। जगह वही रवींद्र सदन। उनमें, बस एक नाटक में किसी बात की शायद कमी रह गई थी। लेकिन सारे शो दर्शकों से भरे रहे। इस कमज़ोर शो में भी यही हाल रहा। उम्मीद जो बन गई थी कि सब नाटक अच्छे तो होंगे ही! बस फ़र्क़ इतना था कि बजाए तालियों के शोर के जो हर रोज़ हम सुनते रहे, इस एक शो में दर्शक आख़िर तक देखते रहे, उसके बाद उठे और उसी तरह ख़ामोशी से चले गए। हम समझ गए कि नाटक पसंद नहीं आया। मैंने कलाकारों से पूछा कि शो आप लोगों को कैसा लगा? सबने एक आवाज़ में कहा, 'बुरा'! मैंने कहा मुझे भी शो कुछ ठीक नहीं लगा। हमलोग बहुत देर तक सर जोड़कर सोचते रहे कि प्रोडक्शन में आख़िर क्या ख़राबी थी। बात समझ में नहीं आई। बज़ाहिर सब पार्ट ठीक ही कर रहे थे, कुछ ज़्यादा अच्छा, कुछ कम, लेकिन ये तो हर नाटक में होता है। सोचा कि शायद सेट बहुत भारी हो गया था। बहुत-सी और कमज़ोरियाँ तलाश करते रहे, लेकिन किसी नतीजे पर नहीं पहुँच पाए। बस एक बात पर सब सहमत थे कि कुछ न कुछ कमी ऐसी थी जिससे शो बिगड़-सा गया था। इस नाटक को दोबारा कलकत्ता ने फिर वहीं बुलाया। और अगर बुलाता भी तो शायद देखने कोई नहीं आता!

वह नाटक था 'साजापुर की शांति बाई'। ब्रेश्ट (Brecht) के 'गुड वोमन ऑफ़ सेट्ज़ुआन' (Good Woman of Setzuan) का मेरा रूपांतर। इस नाटक के बहुत कामयाब शो कुछ अर्से पहले हम दिल्ली में कर चुके थे। कुछ बरस बाद जब मैं पंडित रवि शंकर यूनिवर्सिटी, रायपुर में विज़िटिंग प्रोफ़ेसर था, तो रायपुर के कुछ एक्ट्रों को 'नया थियेटर' के कलाकारों को साथ मिलाकर यह नाटक बड़ी मेहनत से दोबारा तैयार किया गया, एक नया सेट भी बनवाया था और उसे कलकत्ता लेकर आया था। फ़िदाबाई जो शांति का रोल पहले से करती चली आई थीं, इस बार भी नाटक की नायिका वही थी, और उन्होंने अभिनय भी बज़ाहिर उसी तरह दिल लगाकर और बहुत अच्छी तरह किया था। इसके बावजूद नाटक कलकत्ता में फ़ेल हो गया। फ़िदाबाई ख़ुद अपने रोल से असंतुष्ट थीं। कह रही थीं, "कौन जाने का होगे रहस, मजा नई आइस।"

अशोक सेन ने कहा, "असल में ये नाटक *नंदीकार* कर चुका है, और इसमें नायिका का पार्ट रुद्रप्रसाद सेनगुप्ता की पहली पत्नी जिनका इन्तेक़ाल हो गया था, वो कर चुकी हैं।"

फ़िदा बाई को विश्व स्तर की एक महान अभिनेत्री मानता हूँ। जितनी भूमिकाएँ उन्होंने 'नया थियेटर' के नाटकों में निभाई हैं, उनमें ख़ासतौर से मुझे दो

बेहद पसंद हैं। मेरी राय में "बहादुर कलारिन" और "साजापुर की शांति बाई" में उनकी कला चोटी पर पहुँच गई थी। ये और बात है कि कलकत्तावालों के लिए फ़िदा बाई का छत्तीसगढ़ी संवाद, जो दीगर हर नाटक में उन्हें पसंद आया था, वो उस नाटक के बंग्ला संवाद की तुलना में इतना न जँचा हो! बहरहाल मैं इतना मानता हूँ कि इस प्रस्तुति में वो फ़िज़ा क़ायम न हो सकी जो उससे पहले इसी नाटक की पहली प्रस्तुति में क़ायम हो गई थी। चुनांचः कोई बात थी जिसकी वजह से उस नाटक का स्वागत कलकत्ता के दर्शकों ने नहीं किया। अब फ़िज़ा में क्या कमी थी और क्यों थीं, वो बात आज तक समझ में नहीं आई। शायद मेहनत जरूरत से ज़्यादा कर ली हो। मेहनत वैसे हर नाटक की तैयारी के लिए ज़रूरी है, लेकिन मैं ये भी जानता हूँ कि महज़ मेहनत से कला उत्पन्न नहीं होती। इसके लिए कुछ ख़ूने-जिगर की भी जरूरत होती। शायद ख़ून जलाने में इस बार कुछ कमी रह गई हो। बस जो बात एक बार फिर समझ में आई, वो यह थी कि एक छत्तीसगढ़ का ग्रामीण क्षेत्र और दूसरा कलकत्ता। उन दोनों जगह के थिएटर देखने वाले विश्व-स्तर के अच्छे दर्शकों में आसानी से गिने जा सकते हैं। इसका मुझे हमेशा यक़ीन रहा, और इस घटना के बाद ये यक़ीन कुछ और गहरा हो गया।

यूरोप की पहली यात्रा! यूरोप की पहली यात्रा!

एक वह कमानी का पहला शो एक एडबंरा का यादगार शो। नाटक लेकर हमलोग पहली बार विदेश अगस्त 1982 में गए थे। एडबंरा अंतर्राष्ट्रीय नाट्य उत्सव के सिलसिले में और फिर फ्रिंज फ़ेस्टीवल (Fringe Festival) में फ्रिंज़ फेस्टीवल में नये-नये तजुर्बाती, कलात्मक नाटक प्रस्तुत किए जाते हैं और उन्हें इनामात दिए जाते हैं। फ्रिंज़ फ़ेस्टीवल में कोई बावन नाटक थे। जापान, अमेरिका और यूरोप के मुल्कों के। हिंदुस्तान से केवल हमारा नाटक था। जिस दिन हमने अपना शो पेश किया, उसी दिन हमें ख़बर मिली कि 'चरन दास चोर' को, जिसका नाम अंग्रेज़ी में 'चरन द थीफ़' (Charan The thief) रख दिया गया था, फ्रिंज फ़र्स्ट अवार्ड (Fringe First Award) मिला।

अपने शो के बाद हमलोग किसी और मुल्क के नाटक का रात का शो देख रहे थे। शो खत्म होने पर बाहर निकले तो जेन दौड़ी हुई आई और मुझ से लिपट गई। जेन क्वीन और एरिका बोल्टन उन दो लड़कियों ने हमारी पब्लिसिटी का ज़िम्मा लिया था। जेन कहने लगी, 'चरन द् थीफ़' को फ्रिंज फेस्टीवल का प्रथम पुरस्कार! कल तुम मशहूर आदमी हो जाओगे हबीब (Tomorrow you'll be famous,

Habib!) उन्हें ख़ुशी ख़ास तौर से इस बात की थी कि एडबंरा का *स्काट्समैन* अख़बार (Scotsman) का एडीटोरियल बोर्ड जो हर साल फ्रिंज अवार्ड दिया करता है, उसने एडबंरा फ़ेस्टीवल के इतिहास में पहली बार इस अवार्ड का एलान समय से पहले कर देने का फ़ैसला किया था। आमतौर से वह फ़ेस्टीवल खत्म हो जाने के बाद अपने फैसले सुनाते रहे थे। दूसरे दिन सुबह ख़बर अख़बारों में छप गई और चारों तरफ़ फैल गई। *स्काट्समैन* के एडीटोरियल बोर्ड का एक सदस्य मुझसे पूछने लगा, 'ये कैसे हुआ? हाल में मुश्किल से बस दस बारह हिंदुस्तानी होंगे, बाक़ी अंग्रेज़ों और दीगर गोरों से हाल भरा हुआ था। हम हिंदी नहीं समझते, छत्तीसगढ़ी तो दूर रही। फिर ये नाटक हमें इतना पसंद क्यों आ गया?'' मैंने कहा, ''मैं लाइटिंग बूथ (Lighting booth) में बैठा इन्टरवल तक शो देखता रहा। इसके बाद अपना पार्ट करने गया। मैंने देखा कि नाटक के छत्तीसगढ़ी लोक कलाकार कुछ इस तरह अभिनय कर रहे थे जैसे अपने गाँव के चौपाल में हों, और दिल में सोच रहे हों कि हम इंसानों की बोली बोल रहे हैं। देखने वाले भी इंसान हैं, हमारी भाषा ज़रूर समझ रहे होंगे। बस इस आत्मविश्वास, इस खुले-डुले अंदाज़, इस बेबाकी ही का शायद ये नतीजा है कि नाटक का जादू सर पर चढ़कर बोला। ये भी हो सकता है कि चंद हिंदुस्तानी दर्शक जो मुस्तक़िल हँसते रहे, उनका असर दूसरे दर्शकों पर भी पड़ा और वो भी हँसते रहे। और अगर ये सब नहीं है, तो मुझे नहीं मालूम और क्या बात है।''

आलोचकों ने जब नाटक की समीक्षाएँ लिखीं तो आमतौर से कहा कि पीटर ब्रुक (Peter Brook) के लेख ने नाटक के प्रति दर्शकों के दिल में बड़ी-बड़ी उम्मीदें पहले से ही पैदा कर दी थीं। चुनांचः हमें ये अंदेशा था कि तारीफ़ों के इस तोमार के बाद नाटक कसौटी पर शायद पूरा न उतर सके, लेकिन नाटक उम्मीद से भी ज़्यादा रोचक निकला। बस ये सब था, और सारे कलाकारों की तारीफ़ें ही तारीफ़ें थीं। लंदन के अखबार में गोविंद की आँखों तक की तारीफ़ थी जिन्हें liquid eyes कहा गया था। रवि के कॉमिक अंदाज़ की प्रशंसा थी। गोविंद निर्मलकर और रविलाल सांगड़े हवलदार की भूमिकाओं में थे। पूनम के बच्चे तक की तारीफ़ें थीं। पूनम सोनवानी कोरस में थीं। उनका डेढ़ साल का बच्चा आर्केस्ट्रा में छोड़ दिया जाता था, वह वहाँ से ज़रा न हिलता। जब भी म्युज़िक शुरू होता, वहीं बैठे-बैठे ताल पर झूमता रहता था। पूनम की माँ राधा बहुत अच्छा नाचती है, खुद पूनम बेहतरीन डांसर है, उस बच्चे ने माँ की कोख में लय ताल सीखी होगी। ताल से ज़रा नहीं चूकता था। एक अख़बार के फ्रंट पेज पर उसकी एक बड़ी तस्वीर छपी। समीक्षक ने लिखा कि बच्चा ऐसी ख़ामोशी से बैठा था कि बड़ी देर तक हम देख

ही नहीं पाये, और जब देखा तो हैरान रह गए। इंग्लिस्तान और यूरोप के दीगर ममालिक में एक उम्र तक बच्चों को स्टेज पर लाना क़ानूनन मना है। बस गोया उस समीक्षा की हैरत का कारण एक ये भी रहा होगा।

पीटर ब्रुक के लेख ने इंग्लिस्तान के बहुत से लोगों पर गहरा प्रभाव छोड़ा था। पीटर अपनी *महाभारत* की तैयारी के सिलसिले में जब सारे हिंदुस्तान के सफ़र पर निकले थे तो उन्होंने हमारे नाटकों के भी कुछ रिहर्सल देखे थे जिनमें 'लाला शोहरत राय' जो मोलियर की कामेडी Bourgeoise Gentleman पर आधारित है, 'चरन दास चोर' आदि शामिल थे। हमसे 'नया थियेटर' के लोक कलाकारों के बारे में बातें कीं, और जब कुछ दिनों के लिए अपने वतन इंग्लिस्तान वापस गए तो *लंदन टाइम्स* (London Times) के मशहूर आलोचक इर्विंग वार्डल (Irving Wardle) ने उनसे फ़ोन पर उनके हिंदुस्तान के सफ़र से मुतल्लिक़ इंटरव्यु के लिए वक़्त तलब किया। पीटर ब्रुक गो अंग्रेज़ हैं पर मुद्दत से उन्होंने फ्रांस को अपना वतन बना लिया है, वहीं रहते हैं, वहीं ड्रामे तैयार करते हैं और उन्हें सारी दुनिया में दिखाते हैं। उस दिन वो पैरिस जाने वाले थे। उन्होंने माज़रत (क्षमा-याचना) की, कह दिया—''इंटरव्यु के लिए मेरे पास वक़्त नहीं है, आज ही मुझे पैरिस निकलना है वार्डल ने कहा, ''इंटरव्यु टेलीफ़ोन ही पर लेने दीजिए।'' वो राज़ी हो गए। वह इंटरव्यु *टाइम्स* में आधे सफ़्हे पर छपा। जिसमें उनके केरल, तमिलनाड, बंगाल, दिल्ली वग़ैरह के सफ़र का ज़िक्र था। थिएटर के मुशाहिदे शामिल थे। दिल्ली थिएटर के सिलसिले में सारी बातें 'नया थिएटर' पर केंद्रित थी। कोई दो लंबे पैराग्राफ़ उसी पर थे और मोलियर के ड्रामे के अलावा 'चरन दास चोर' का भी ज़िक्र था। बस उन लेखों के कारण हमें जो पब्लिसिटी मिल गई थी, उसी के आधार पर हम बुलाये गए थे। *फ़ेस्टीवल ऑफ़ इंडिया* में शिरकत की बुनियाद गवर्नमेंट ऑफ़ इंडिया के फ़ैसले पर होती है। गवर्नमेंट ऑफ़ इंडिया ने एन एस डी के एक नाटक को भेजने का फ़ैसला कर लिया था जिसका निर्देशन इब्राहीम अलक़ाज़ी ने किया था।

एडबंरा में जो नाटक भेजे जाते थे आमतौर से उनका प्रदर्शन लंदन के किसी थिएटर में भी किया जाता है और जिस नाटक को पुरस्कार मिलता है, उसे इंग्लिस्तान, आयरलैंड वगैरह के मुख़्तलिफ़ शहरों में भी भेजा जाता है। उस ज़माने में लंदन के थिएटर रीवर-साइड स्टूडियोज़ (Riverside Studios) में एडबंरा फ्रिंज का पुरस्कृत नाटक दिखाया जाने वाला था।

एडबंरा के बाद लंदन! एडबंरा के बाद लंदन!

रीवर-साइड के आर्टिस्टिक डायरेक्टर डेविड गोथार्ड (David Gothard) थे। ब्रूक का इंटरव्यू पढ़ने के बाद डैविड इस नतीजे पर पहुँच गए थे कि हिंदुस्तान से 'नया थियेटर' को ही बुलाया जाए। कुछ महीने पहले केनिथ रिया का भी एक मज़मून (लेख) एक थिएटर मैगजीन में छपा जिसमें उन्होंने हमारे नाटकों का प्रशंसा के साथ ज़िक्र किया था। उसका असर भी लंदन थिएटर की दुनिया पर पड़ा था। केनिथ रिया लंदन के थिएटर स्कूल में शिक्षक हैं, ख़ुद नाटक लिखते भी हैं, और अपने नाटकों का निर्देशन भी करते हैं, और आमतौर से थिएटर के बारे में समीक्षा भी लिखते रहते हैं। वह एक साल पहले, महीने दो महीने के लिए हिंदुस्तान आए हुए थे और सारे मुल्क का सफ़र किया था। चंद हफ़्ते दिल्ली में भी गुज़ारे थे। दिल्ली के ज़माने में वह हम से कई दिनों तक मिलते रहे, हमारे नाटकों के रिहर्सल देखते रहे, और मुझसे बातें करते रहे। इस मुशाहिदे (पर्यवेक्षण) और सफ़र के इस तजुर्बे के बारे में लंदन वापस पहुँचकर उन्होंने अपना ये लेख लिखा जिसमें और नाटकों के अलावा 'चरन दास चोर' का भी बयान छपा था।

डेविड गोथार्ड पर इन दोनों के लेखों का असर पड़ा था, और उन तस्वीरों का भी जो उन्होंने हमसे मँगाई थी। चुनांचः डेविड ने हिंदुस्तान के सरकारी फ़ैसले को न मानते हुए 'चरन दास चोर' ही की माँग की, और 'नया थियेटर' को निमंत्रण भेज दिया। सरकारी इंट्री के मुताबिक़ एन एस डी का नाटक फ़ेस्टीवल ऑफ़ इंडिया के लिए आया। जिसका एडबंरा ड्रामा फेस्टीवल से कोई संबंध न था। चुनांचः उसे लंदन कामनवेल्थ थिएटर (Commonwealth Theatre) में जगह दी गई। वह चलाया गया, फिर उखड़ गया। पाँच एक सौ के खुले थिएटर में हर रोज़ तीस-चालीस दर्शक जाते थे, चुनांचः उस शो के बारे में लंदन के अख़बारों ने कुछ लिखा भी नहीं।

मैं ये बात पहली बार क्यों लिख रहा होऊँगा? उसकी एक वजह तो ये है कि जिसे elitist थिएटर कहते हैं और जिसमें नक़ल का पहलू होता है उसका मैं कभी क़ायल नहीं रहा। इंग्लैंड से सीखी हुई चीज़ इंग्लैंड में! क्यों? अलक़ाज़ी ने भी इंग्लिस्तान से थिएटर की तालीम हासिल की, मैंने भी। उनकी ज़बान यों भी अंग्रेजी ही थी, हिंदी सीखी हुई थी जिस पर उन्हें इतनी महारत नहीं थी जितनी की अंग्रेज़ी पर। उनके नाटकों में उसी तालीम की झलक हमेशा नज़र आती रही और मैं मुद्दतों पहले यक़ीन की हद तक इस नतीजे पर पहुँच गया था कि थिएटर में अगर किसी

और कल्चर की नक़ल की झलक है, तो वह असली थिएटर नहीं है। थिएटर को अपने मुल्क, अपने समाज की ज़िंदगी, अपने मुल्क की शैली में कुछ इस तरह पेश करना चाहिए कि बाहर के लोग देखकर यह कह सकें कि ये भी एक थिएटर है, थिएटर के सारे लवाज़मात तत्त्व) उसमें मौजूद हैं, हमें उसमें वही मज़ा आता है जो थिएटर में आना चाहिए लेकिन अगर हम ऐसा थिएटर ख़ुद करना चाहें तो नहीं कर सकेंगे। यानी थिएटर में इलाक़ाइयत (आंचलिकता) का दामन न छोड़ते हुए विश्व स्तर पर पहुँचना कामयाब थिएटर की कुञ्जी है। आज ऐसे थिएटर हमारे मुल्क में कम सही, मगर हैं ज़रूर!

इस बात को पहले कभी न कहने की वजह यह है कि अपने ही हमपेशा, हम-मशरब लोगों के बारे में ऐसी सच्ची बातें कहने में झिझक महसूस होती है, इसलिए कि आमतौर से हमारे कुछ आर्टिस्ट किसी भी प्रकार की आलोचना बर्दाश्त नहीं करते, फिर उससे ग़लतफ़हमियाँ पैदा होने की भी संभावना पैदा होती है। अब इस उम्र में आकर ये बात कहना मुझे इसलिए मुनासिब मालूम होता है कि इस लेख से नौजवानों को वह सीख मिले जो मैं देना चाहता हूँ, जिस पर मुझे गहरा यक़ीन है, बस! बहरहाल जब हमें पुरस्कार मिल गया तो वही सरकार जिसने पहले हमारा विरोध किया था, तारीफ़ें करने लगी। प्रधानमंत्री ने मुबारकबाद का तार भेजा। इंडियन हाई कमिश्नर ने सारे कलाकारों को एम्बेसी में हाई टी (high tea) पर बुलाया, तरह-तरह के पकवान खिलाए और अनपढ़ ग्रामीण कलाकारों की तारीफ़ों के पुल बाँध दिए। मेरा कलेजा ख़ुशी और गौरव से फूल गया कि जिन देहातियों की आमतौर से अपने मुल्क में कोई क़दर नहीं होती, आज उन्होंने अंतर्राष्ट्रीय स्तर पर अपने कमाल का सिक्का बैठा दिया!

एडबंरा अंतर्राष्ट्रीय नाट्योत्सव से प्रथम फ्रिंज पुरस्कार की पब्लिसिटी लिए हम लंदन रिवरसाइड स्टूडियोज़ पहुँचे। पहले ही शो में लंदन के सारे बड़े अख़बारों के आलोचक मौजूद थे। डेविड ने कहा : ''उन पब्लिसिटी वाली लड़कियों ने कमाल कर दिया हबीब! आज उन्हीं की वजह से तुम्हारा शो देखने सारे क्रिटिक (critic) जमा हैं।'' शो के बाद जेन मेरे पास दौड़ी आई और कहा : ''हबीब फ़ौरन चलो मेरे साथ! माइकल बेलिंग्टन (Michel Bellington), लंदन *आब्ज़र्वर* (Observer) के आलोचक, दफ़्तर में तुम्हारा इंतज़ार कर रहे हैं।'' मैंने कहा : ''ज़रा लिबास बदल लूँ। कहने लगीं : ''ऐसे ही चले आओ, उन्होंने आज ही समीक्षा लिखना है। माइकल बेलिंग्टन थिएटर के दफ़्तर में मेरा इंतज़ार कर रहे थे। मेकअप उतारे बग़ैर राजपुरोहित के लिबास में, खड़ाऊँ हाथ में लिए, नंगे पाँव उनके साथ

हो लिया। रास्ते में जेन बताती रहीं कि लंदन में आज बड़े-बड़े नाटकों के प्रेमियर (Premiere) हुए हैं। कोई उम्मीद नहीं थी कि कोई भी बड़ा आलोचक आज हमारा नाटक देखने आएगा। सब यही कहते रहे दो एक दिन बाद हम जरूर आ जाएँगे, अभी नहीं। बड़ी मुश्किल से हमने राज़ी किया। मुझे ख़ुशी है कि दूसरे सारे प्रेमियर छोड़कर लंदन के सारे बड़े समीक्षक आज शो देखने आए हैं। कल सुबह लंदन के सब प्रमुख अख़बार 'चरन द् थीफ़' के रिव्यु से भर जाएँगे। यही हुआ। इर्विंग वार्डल ने *टाइम्स* (Times) में, माइकल बेलिंग्टन ने *आब्ज़र्वर* (Observer) में नाटक को उछाल दिया। रिवरसाइड स्टूडियोज़ में दो हफ़्ते के प्रदर्शनों में हर रोज थिएटर छकाछक भरा रहता। इक्का-दुक्का हिंदुस्तानी दोस्त बी बी सी के, कभी-कभार आ जाते वर्ना आमतौर से सब दर्शक अंग्रेज़! मैं शुरू में दो-तीन मिनट बोलता, चोर के पाँच प्रण बता देता कि इन्हीं पर नाटक आधारित है! मुश्किल से तीन शो हुए होंगे कि एक दिन डेविड गोथार्ड ने मुझसे कहा : ''हबीब! लोग नाटक समझ रहे हैं। छपे प्रोग्राम में गानों का भी और सीन-ब-सीन कथासार का भी अंग्रेजी अनुवाद उनके हाथों में है। चाहें उसे मध्यांतर में पढ़ें, चाहे घर जाकर इत्मेनान से देखें। बहरहाल तुम्हारा कुछ बोलना अनावश्यक है। बस आज से सीधे नाटक दिखाओ।''

विजयदान को 'चोर' नापसंद था! विजयदान को 'चोर' नापसंद था!

1987 में बस्तर और राजस्थान के कलाकारों को सोवियत यूनियन ले जाने से पहले दिल्ली के नेशनल स्टेडियम (National Stadium) में तीन दिनों का रिहर्सल तय हुआ था।

लांगा और मंघानयार ग्रुप के साथ कोमल कोठारी और विजयदान देथा दिल्ली तक आए थे, और लॉन पर मेरे साथ बैठे रिहर्सल देख रहे थे। मैंने बहुत पहले से सुन रखा था कि बिज्जी को मेरा 'चरन दास चोर' का प्रोडक्शन पसंद नहीं है। इसके अलावा उन्हें एक और शिकायत थी कि कभी उन्हें नाटक के शो में कोई रॉयलटी नहीं मिली। मैंने मौक़ा ग़नीमत जानकर चुपचाप दस हज़ार का एक चेक विजयदान के नाम लिखकर उनकी तरफ़ बढ़ा दिया, ये कहते हुए कि 'चरन दास चोर' के शो मुद्दत से बराबर चल रहे हैं, आज तक मुझे तौफ़ीक़ नहीं हुई कि मैं कुछ रॉयलटी आपकी ख़िदमत में पेश करता, बस आज ये हक़ीर (मामूली) रकम पेश करने का मौक़ा मिला है जो वैसे कम है लेकिन आप इसे क़बूल कर लें तो मुझे बहुत ख़ुशी होगी। ''बिज्जी ने चेक लिए बग़ैर ख़ामोशी से अपनी नज़र कोमल की तरफ़ घुमा दी। कोमल दा बोले : ''भई, मुहब्बत से दे रहे हैं, ले लो!'' और बिज्जी

ने चेक उसी ख़ामोशी से स्वीकार कर लिया। फिर मैं बोला कि "सुना है आपको मेरी प्रस्तुति पसंद नहीं।" विजयदान बड़े लेखक होने के अलावा इंसान की हैसियत से मुझे बहुत पसंद थे—सच्चे, ईमानदार, बेहद शरीफ़ और वफ़ादार आदमी हैं। मेरे दिल में उनके लिए हमेशा इज़्ज़त का जज़्बा रहा है। वो बोले : "तुमने कहानी का अंत ख़राब कर दिया। कहानी में, मैं ये बताना चाहता हूँ कि रानी बुराई और अत्याचार की प्रतीक है। वह झूठ बोलकर मरवा देने के बाद गुरु से शादी की योजना पेश करती है, और गुरु स्वीकार करता है और उसके साथ शादी कर लेता है यानी बुराई, अत्याचार, झूठ, कपट और भ्रष्टाचार ख़त्म नहीं होता बल्कि जारी रहता है जिससे जूझने और जिसे ख़त्म करने की आवश्यकता बाक़ी रहती है। तुमने चोर की मृत्यु पर नाटक ख़त्म करके एक रोमांच पैदा कर दिया। यही नहीं, तुमने चोर को पूजा के योग्य एक आइकन (Icon) बनाकर दर्शकों को पूरी तरह संतुष्ट कर दिया। मुझे इस बात पर आपत्ति है।" जैसा कि मैंने पहले कहा मेरे दिल में विजयदान देथा की बहुत इज़्ज़त है। चुनांचः मैं ज़्यादा बहस न करते हुए सिर्फ़ ये कहकर टाल गया कि "आप अपनी दृष्टि के अनुसार बिल्कुल ठीक कह रहे हैं लेकिन नाटक के अंत के लिए मुझे कोई दूसरा रास्ता नहीं सूझा। मुझे चोर के उसी अंत में नाटकीयता नज़र आई, और जब दर्शकों ने उसे क़बूल कर लिया तो दूसरे सब रास्ते मेरे लिए बंद हो गए!"

विजयदान दरअसल अपने हिसाब से बिल्कुल ठीक कह रहे थे, लेकिन मेरी मजबूरी अपनी जगह थी। मैंने उनसे ये नहीं कहा कि मुझे रानी के किरदार में अत्याचार का पहलू कम और राजनैतिक पहलू ज़्यादा नज़र आता है। एक जवान औरत और वह भी एक रानी, एक मामूली चोर से मुहब्बत का इज़हार करे, और वह इंकार कर दे, भला एक औरत के लिए इससे बड़ा अपमान क्या हो सकता है? वह चाहती तो उसी एक बात पर क़त्ल का हुक्म दे सकती थी, लेकिन उसने अपनी ये हतक बर्दाश्त कर ली, और उसके पैरों पर लोटते हुए एक आख़िरी विनती की कि जो बातें उसकी ख़्वाबगाह (शयनकक्ष) में हुई हैं, चरन दास बाहर जाकर उसके बारे में किसी से कुछ न कहे। उस पर चरन दास ये कहता है कि उसने सच बोलने का प्रण किया है तो रानी आपे से बाहर हो जाती है। ऐसी बदनामी राज सिंहासन के लिए ख़तरनाक साबित हो सकती है। ऐसे आदमी का मुँह बंद कर देना ज़रूरी है। उसे क़त्ल करवा देने के अलावा रानी के पास दूसरा कोई चारा न था। चुनांचः उसने यही किया।

एक दोस्त ने मुझसे ये भी कहा कि चोर के मरने के बाद नाटक को ख़त्म

हो जाना चाहिए। उसके बाद कहानी लटक जाती है। मैंने कहा कि नाटक की इस्तलाह (शब्दावली) में एक चीज़ anti-climax भी है। मौत का धचका दे देने के बाद ज़रूरी है कि इस अंत का पूरा महत्त्व लोगों तक पहुँचाया जाए, anti-climax यही काम करता है। शेक्सपीयर के नाटकों में चाहे मैकबेथ हो चाहे हेमलेट, चाहे ओथेलो, चाहे लीयर, नायक के मर जाने के बाद ख़ासा लंबा anti-climax ज़रूर रहता है। यही हाल यूनान के शास्त्रीय नाटकों का है। मेरे नज़दीक नाटक का विषय यही था कि सच्चाई का दामन पकड़े रहना जान जोखिम में डालना है। अगर यही हश्र सुक़रात का हुआ, ईसा मसीह का हुआ, महात्मा गाँधी का हुआ, और फिर एक मामूली चोर का भी यही अंजाम हुआ तो उसका दर्जा किसी महापुरुष से कम नहीं है।

–हबीब तनवीर

सितम्बर 2004
भोपाल

पात्र

चरन दास : एक चोर
हवलदार : चरन दास को पकड़ने के लिए आतुर
सेतुवावाला : एक किसान जिसे चरन दास लूटता है
गुरुजी : जिन्हें चरन दास अपना गुरु बनाता है और उनसे सदैव सत्य बोलने का प्रण करता है
चेला एक : गँजेड़ी
चेला दो : शराबी
चेला तीन : जुआरी
मालगुज़ार : एक धनी और समृद्ध किसान
मंगलू : मालगुज़ार का नौकर
पुजारी : मन्दिर का पुजारी
मन्त्री : राज्य के मन्त्री
मुनीम : ख़ज़ाने के मुनीम
रानी : राज्य की रानी
पुरोहित : राज्य के पुरोहित
दासी (खूबा) : राज्य की दासी

इनके अतिरिक्त सिपाही, पंथी गायक और अनाज लेनेवालों की भीड़।

दृश्य : एक

गीत

सत्यनाम सत्यनाम सत्य नाम सार
गुरु महिमा अपार अमृत धार बहाइदे
हो जाही बेड़ा पार, सत्य गुरु ज्ञान लखइदे
सत्य लोक से सत गुरु आये हो...2
अमृत धार ला संत बर लाये हो...2
अमृत देके बाबा कर दे सुधार
तर जाही संसार........
अमृत धार.......
सत्यनाम........
सत के तराजु में दुनिया ला तौलो हो...2
गुरुजी बताइने सच सच बोलो हो...2
सच के बोलइया मन हावे दुई चार
वही गुरु हे हमार.......
अमृत धार बहाइदे
हो जाही बेड़ा पार, सतगुरु ज्ञान लखइदे
सतनाम....

हवलदार : कहां जाबे रे चोरहा साले

(चोर मंच के एक ओर से दूसरी ओर भागता है)

बिलई ताके मुसवा बाड़ी में सपटके अटकन मटकन दही के
चटकन खोलो भैय्या मोर ढक्कन का चीज हे।
बिलई रोगही मरगे कहिके मुसवा सब आवे
कोई चढ़े पीठ में कोई दिल्लगी लगावे
देख के वोला चुप्पे उडे ढांग मारे फटके बिलई ताके...
मन ने मन बिलई हा गुने
दिन दूबन्दे राह रे
कहाँ जाहू देखत हंव तुम सब
मोर मारे
पाछू में जे रही तेला ले जादूं झपटके
बिलई ताके मुसवा...
जग्गों मुसवा अपन अपन ले एक-एक
बिखरागे
एक बुढ़वा धुस मुसवा देख वंही
पछवागे
देख के वोला चुप्पे उठे टांग मारे फटके
बिलई ताके......
बिलई ताके
बिल्ली के सर पे राजे मुकुट
चुहा मारे दनादन ये चीज हे........
अटकन मटकन..........

हवलदार : *(बीच में आकर चोर को पकड़ लेता है)* का चीज हे बेटा मैं अभी बताथंव रे साले दिन दहाड़े चोरी करके भागथस रे मोला चिन्हत हस रे मि.एच.एम. खान पुराना सर्विस वाला हवलदार साले तोर खाल में भूंसा भरके उल्टा लटका हूं बेटा *(कालर पकड़ कर नीचे पटक देता है)* रख मोटरा, तोर मुंडी ला काटके अधर फेकहूं बेटा

चोर : *(रोता है)* ये ढाई वो ऽऽऽ मैं बिना मुंडी के मसान असन किंजरत रइहौं जी अऊ का करबे भैय्या?

हवलदार : अऊ का करबे कथस रे? साले तोर हाथ गोड़ ला काटके तिड़ी-बिड़ी बगरा हूं बेटा

चोर : *(रोते हुये)* मैं मरगेंव मोर ढाई मोर हाथ गोड़ सब तिड़ी बिड़ी बगरे रही जी! अऊ का करबे महराज

हवलदार : गोर गुस्सा ला भड़काथस रे तोर हाथ गोड़ ला काटके चिक्कन चटनी असन पीस के फ्राई करवा के काला कुत्ता ला खवाहूं बेटा।

चोर : *(रोते हुये)* मैं नइ बांचव दाई हो बने डटके खाबे रे कुकुर रोगहा अऊ कब खवाबे भैय्या!

हवलदार : मोर दिल ला जलाथस रे मोर बस चलतिस त अभी खवातेंव फेर का करंव रे सरकारी ड्विटी में हंव कपड़ा खराब हो जही, रख मोटरा साले अतेक-अतेक कपड़ा तोर बाप के ये रे?

चोर : मोर नइये!

हवलदार : तोर नइये? तब काकर ये रे?

चोर : ग्राहक के ये!

हवलदार : ग्राहक के? तैं धोबी अस का रे?

चोर : हंव इंहा के खास धोबी हंव महाराज

हवलदार : अरे पहिली काबर नइ बताये रे?

चोर : वाह तैं तो बताये के मौकाच नइ देय

हवलदार : हौ! सुन बेटा ये गाँव में एक ठन सोन के थारी चोरी होय हे! तैं चोराय अस त बतादे अभी एक्के झन हंव छोड़ देहूँ!

चोर : मैं चोरी-वोरी नइ करवं महराज!

हवलदार : शाबाश बेटा चोरी वोरी नइ करना चाही! तैं जानथस रे वो चोर ला बता तोला इनाम दे हूं!

चोर : इनाम देबे?

हवलदार : हव

चोर : फेर ये मेर नइ बतांव

हवलदार : काबर

चोर : ये सब आदमी मन बइठे हे न येमन सब सुन डारही

हवलदार : हव! त कोन मेर बताबे

चोर : वो कोन्टा में बताहूं!

हवलदार : कोन्टा के आदमी कोन्टा में बतावे रे गड़बड़-वड़बड़ तो नइ करबे

चोर : मैं गड़बड़ नइ करवं महराज

हवलदार : ले चल (कोन्टे में जाते हैं) ले बता।

चोर : पहिली इनाम तो दे?

हवलदार : ....

चोर : पहिली इनाम ला तो दे

हवलदार : अतका बड़ हवलदार के विश्वास नइये रे

चोर : पुलिस वाला के विश्वास नइ करंव

हवलदार : अच्छा ले बाद में अऊ देहूं!

चोर : त सुन महराज जऊन हा चोरी करे हे ना वो चोर आय!

हवलदार : अरे चोर आय तेला त महुं जानथंव

चोर : तैं जानथस

हवलदार : हव

चोर : त भइगे पकड़ ले

हवलदार : बताबे तब

चोर : बताये तो हंव जी

हवलदार : का?

चोर : चोर

हवलदार : लगाहूं साले खींच के झापड़ मैं चोर आंव रे! अरे बेटा मैं तो वो चोर के नाम ला पूछथव नेम?

चोर : नाम ला पूछे महराज

हवलदार : हव

चोर : पहिली काबर नइ बताय, त सुन महराज जऊन हा चोरी करथे ना वोकर नाम चोरेच होथे दुसर नइ होय!

सेतुवा वाले के पास चरन दास

भुलवा राम (बांए) और ब्रिज लाल

दिल्ली के एक शो में हबीब तनवीर (हवलदार) और भूलवा राम (गुरु)

रिवरसाइड स्टूडियोज़, लंदन (1982) के
शो में फ़िदा बाई, माला बाई, भुलवा राम और ब्रिज लाल

कोरस का एक दृश्य

चरन दास और गुरु

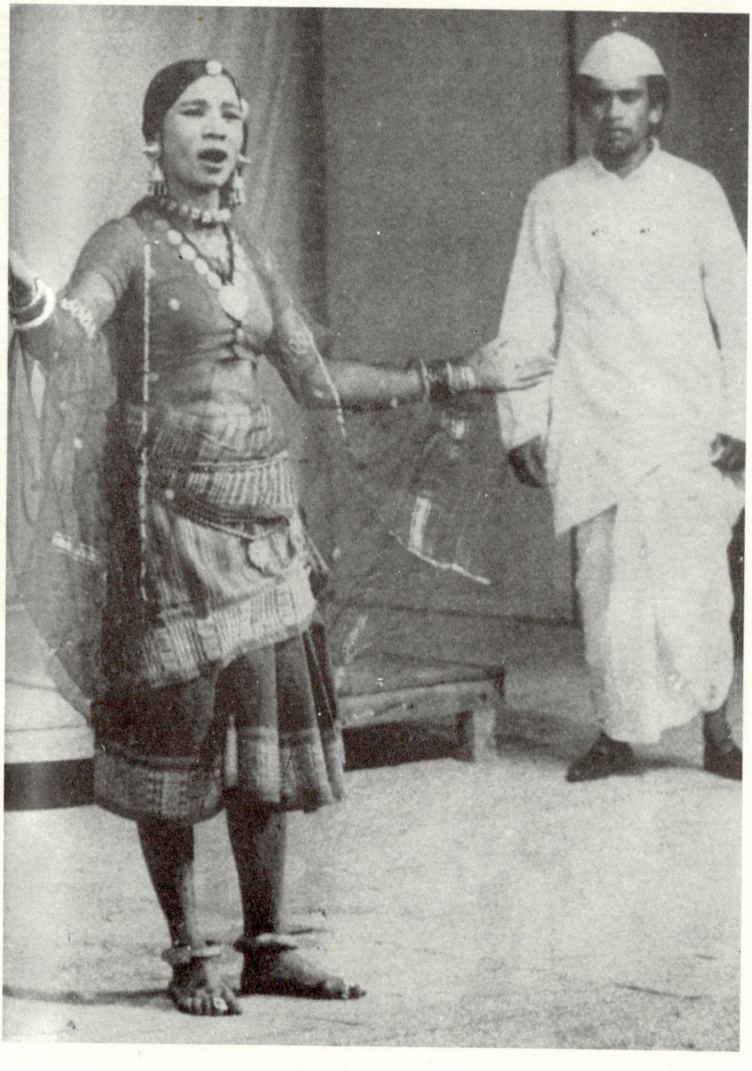

रानी और मन्त्री

दासी और रानी

चरन दास और रानी

हवलदार : हत रे गधा अबे जऊन हा चोरी करथे वोकर नाम तो चोरेच हो थे फेर मैं तो वोकर नाम ला पूछ थंव? *(चोर भाग जाता है)* अरे कहां चल देस रे अभीचे इंहा खड़े रीहिस कहां चलेगे अबे मोला धोखा ढेके कहां जाबे अभी पहूचाथौं बेटा!

(हवलदार चोर के पीछे भागता है चारे दूसरी ओर से मंच पर आता है)

चोर : देखे सोन के थारी ला बचा उरेंव वो देखन नइ पाइस!

(डर कर भाग जाता है)

दृश्य : दो

गुरु दक्षिणा

गुरुजी : बाबा रमता अकेला बन में
साधु रमता अकेला बन में
बाबा.........
साधु...........
आमा के डारा कोयलिया बोले
बाबा सुवअना बोल थे बन में
घर वाले मन हे धर मे राजी
फक्कड़ हे राजी मन में
बाबा रमता अकेला बन में

गुरुजी : अलख खोल पलक देख दुनिया के झलक

भक्त 1 : पांव परथंव गुरुजी!

गुरुजी : जीयत राह बेटा खुशी राह

भक्त 2 : पायालागी गुरुदेव!

गुरुजी : जीयत राह बेटा कल्याण हो रे

भक्त 3 : पांव परथंव गुरुजी

गुरुजी : खुश रह बेटा
अब होवे नहीं कल्याण दी जो गुरु दक्षिणा।
बेकार गुणी का ज्ञान दी जो गुरु दक्षिणा।।

दक्षिणा की रीत निभावे वही पावेगा।
यही जो समझा वो धोखा नइ खायेगा।।
ये गुरु दक्षिणा है महान दी जो गुरु दक्षिणा।।

भक्त 1 : पांव परथव गुरुजी *(आता है)*

गुरुजी : आव बेटा जीयत राह खुश रहा, बेटा उदयराम जब तैं मोर करा पहिली दिन चेला बने बर आये रहे तब मैं तोला कहे रहेव कि शराब ला झन पीबे बेटा कहिके! त शराब ला पिथस के छोड़ ढेस गा?

उदयराम : देख गुरुजी तैं शराब के नाम ला लेथस न! त मोर कलेजा में चाकू मारे असन लग थे! कालीच के बात हे गुरुदेव मोर करा मोर सामने में मोर संगवारी हा एक बोटल शराब ला लाके रख दिस में केहेव खबरदार रे बाँटल तोला छूना तो छूना आंखी में देखना हराम हे

गुरुजी : शाबाश बेटा शराब नइ पीना चाही

बिरजु : लो गुरुजी बहुत माल सकेले हव एकाध हाथ काटव किस्मत के खेल ये! *(ताश फेंटता है)*

गुरुजी : लगाहूं चिमटा त तोर सब खेल भुला गही! *(उदय से)* कस रे बेटा ये कोने रे?

उदय : ये मोर दोस्त ये गुरुजी, येखर जुआं खेले के बहुत शराब आदत है! येला कइसनो करके अपन चेला बना लेतेव महाराज!

गुरुजी : अरे बेटा तैं जुआं खेले बर छोड़ दे!

बिरजु : मैं जुआं वुआं नइ खेलव गुरु जी मैं ताश खेलथंव

गुरुजी : अरे बेटा ताश में नाश हे रे येला छोड़ दे

बिरजु : मैं येला छोड़ देहूँ तंहाले मोला चेला बना लेहूं गुरुजी?

गुरुजी : हौ! अरे बेटा इहिच तो मोर काम हे

बिरजु : त भइगे गुरुजी मैं येला आज से छोड़ देंव *(ताश फेंक देता है गुरुजी के सामने)*

गुरुजी : फेर पइसा लागथे...एक रुपया चार आना

बिरजु : एक रुपया चार आना? *(उदय से)* भैय्या तोर करा एक रुपया हे का मोर करा चार आन हे गिला के दे हूं! *(उदय उसे पैसा दे देता है)* ये लो गुरुजी *(पैसा गुरुजी को देता है)*

रामचरण : गुरुदेव?

गुरुजी : राह ले ले पहिली एकर कान ला फूंक देथंव

(बिरजु के कान में मंत्र पढ़ता है)

चांद सुरज दूनो भाई
शिवशंकर हनुमान
महादेव मे जल चढ़ाई
जल पावो महराज नमस्कार

(एक भक्त और पास में आता है)

गुरुजी : तोर में का एब हे बेटा?

रामचरण : मोर में कोई एब नइ हे गुरुजी *(बीड़ी निकालता है, पीता है और बीड़ी का सारा धुआँ गुरुजी के मुँह पर आता है)*

गुरुजी : अरे बिना एब के आदमी तो आज तक संत अखाड़ा में नइ आये हे तैं कहां से आगेस रे *(खांसी आती है धुएं के कारण)* बेटा रामचरण ये कहां के धुआँ? ये बाबू सब नाक कान में घुसगे रे?

रामचरण : पावर हाऊस के होही जी

गुरुजी : आज तक तो पावर हाउस के धुआँ हा संत अखाड़ा में नइ आये रीहिस आज कइसे आथे *(बीड़ी पीते उदय को देखता है)* कस रे तैं कभू संत अखाड़ा में आये हस रे?

रामचरण : नहीं गुरुजी

गुरुजी : आके फकर-फकर बीड़ी ला पियथस अऊ पावर हाऊस ला बदनाम करथस, अरे फेंक बीड़ी ला

रामचरण : येला फेंक देंव गुरुजी

गुरुजी : हव बेटा येला फेंक *(रामचरण बीड़ी को आखरी कश तक पीता है और बड़ी मुश्किल से बीड़ी फेंकता है)*

रामचरण : ये ले गुरुदेव

गुरुजी : गुरुजी ला दक्षिणा लागथे बेटा!

रामचरण : अभी देथंव गुरुदेव ये ले गुरुदेव *(रुमाल में बंधा हुआ छोटा सा बंडल देता है)*

गुरुजी : अरे बाप रे ये कतेक के बंडल ये बेटा।

रामचरण : पच्चीस के ये गुरुजी

गुरुजी : बड़ा अच्छा हस बेटा वाह-वाह *(बंडल खोलता है उसमें बीड़ी रहती है)* कस रे मैं तोला दक्षिणा मांगेव त मोला बीड़ी के बंडल ला धेरा देस रे?

रामचरण : तुमन मोला बीड़ी ला छोड़वाये हो न गुरुजी उही पाय के आप ला अर्पण कर देंव।

गुरुजी : मैं बीड़ी वीड़ी नइ पियव बेटा अऊ तंदू मत पी बेटा। अरे बेटा मैं तो पैसा मांगथव

रामचरण : पइसा मोर कुरा नइये गुरुजी

गुरुजी : अरे मैं तो मर जादूं जादा थोड़े मागथंव बेटा एक रुपया चार आना तो मागथंव!

रामचरण : बापकीन गुरुदेव मोर करा एक्को पइसा नइये!

गुरुजी : अऊ आये हस इंहा चेला बने बर *(चिमटा उठाकर मारता है। बचने के लिए भक्त झुकता है। उसके सर में बंधे गमछे से उसकी चिलम बंधी रहती है। गुरुजी की नज़र उस पर पड़ती है। गुरुजी चिलम हाथ में लेकर)* अरे ये काये रे? चिलम! वाह भगवान वाह! कइसे-कइसे चेल भेजे हस। जुआड़ी, शराबी, गंजेड़ी! बेटा तोर मेरे तो गुरु दक्षिणा बर पइसा नइये? ये चिलम ला गुरु दक्षिणा मे दे दे

उदय : गुरुजी तुमन मोला बीड़ी ला छोड़ाये हो न? मे बीड़ी ला छोड़ देव। *(गुरुजी उसकी चिलम रख लेते हैं)*

गुरुजी : अरे अब आगे तो राहन दे बेटा! आ तोर कान फूँक देथंव *(गंजेड़ी के कान फूंकता है और मंत्र पढ़ता है)*

चांद सुरज दूनो भाई
शिवशंकर हनुमान
महादेव मे जल चढ़ाई
जल पावो महराज नमस्कार
फू...फू...फू...

(उपस्थित मंडली भजन गाती है)

चाहे जो मुकदमा मोहकमा मे जावोगे
दक्षिणा तैयार रखो तभि कुछ पावोगे
ये गुरुदक्षिणा है महान
दी जो गुरु दक्षिणा
अब होवे नहीं कल्याण

(शराबी, जुआरी और गंजेडी तीनों गुरुजी के चरण छूते हैं। अपनी-अपनी फेंकी हुयी वस्तु उठाते हैं। मंच के एक कोने में जाकर तीनों एक साथ गुरुजी की तरफ मुड़कर देखते हैं। शराबी अपनी कमर में खोंसी हुयी शराब की बाटली निकालता है। शराब पीता है। तीनों वहीं कोने में बैठ कर जुआ खेलते हैं। अचानक चोर आकर गुरुजी की गोद में छिप जाता है। उसके पीछे-पीछे हवलदार उसे दौड़ाता हुआ आता है। परेशान हो जाता है। इधर-उधर खोजता है। नहीं मिलने के बाद)

हवलदार : साधु महराज इंहा कोई चोर आये हे का?

गुरुजी : इंहा चोर हा आके का धुनी के राख ला चोराही इंहा नइ आये हे बेटा। तोला चोर ला खोजे बर हे न त तैं दूसर डाहर जा के खोज *(हवलदार एक दो आदमी को ग़ौर से देखता है। नहीं मिलने पर हताश होकर जाता है। गंजेड़ी, शराबी और जुआरी जुए की बाज़ी को लेकर झगड़ते हैं। हवलदार बीच में जाकर उनके जुए की रकम छीनकर जेब में रखता है)*

हवलदार : अतेक अतेक पइसा ला बीच बजार मे कूढ़ो के जुआं खेलथव अपन घर-द्वार ला फूंख दूहू का रे, बाल बच्चा ला लांघन मार

देहू कस रे ये आये हे तौन कौन ये रे!

जुआरी : साधु ये!

हवलदार : कबके आये है रे!

गंजेड़ी : एक हप्ता होगे

हवलदार : गुरु महराज ये? ये तो मोला चोर मन के मुखिया सही दिखथे रे!

शराबी : चोर के मुखिया ये हा मोला कहाथे का रे *(हवलदार से झगड़ता है)*

गंजेड़ी : तोला नइ काहत हे रे अरे अबे जुआड़ी अरे ये हा मरवाही रे *(हवलदार तीनों को मारता है। तीनों भाग जाते हैं। हवलदार भी चला जाता है)*

चोर : तुमन मोला बचालेव गुरुजी

गुरुजी : अरे में का बचाहुं बेटा बचाने वाला तो उपर वाला है।

चोर : *(गुरुजी का मुँह अपने कान की ओर खींचता है)* मोरो कान ला फूंक देव न गुरुजी

गुरुजी : अरे बाप रे थोड़े जोर से खिंचे हस रे अइसने कोई गुरु बनाय जाथे रे अरे बने हाथ जोड़ के पांव पड़के गुरु बनाये जाथे ये नहीं की आये और महुं ला गुरु बना ले न गुरुदेव *(चेथी में एक झापड़ मारता है। चोर दूसरी ओर खिसक जाता है)* अरे कहाँ चल देस रे बाप रे निच्चट पोनी सही हलका हस बेटा कस बेटा का नाम हे तोर

चोर : चरन दास

गुरुजी : अऊ का काम करथस बेटा?

चोर : झन पूछ गुरुदेव, मोला लाज लागथे

गुरुजी : तोला लाज लागथे का मैं नइ जानत हंव रे हवलदार तोला कूदात आइस तेला। अरे बेटा, तैं चोरी करे बर छोड़ दे

चोर : वाह चोरी करे ला छोड़ देहूं तब खाहूं काला गुरुदेव?

गुरुजी : अरे तो का सब झन चोरी करके खाथे जी? अरे मेहनत कर

मजदूरी कर *(चोर दूसरी ओर मुँह कर लेता है) अऊ वो डाहर काबर मुँह ला करथस रे अरे बेटा हजार परन नई करस तो एक चीज ला तो छोड़ दे!*

चोर : तुमन एक चीज़ ला छोड़े बर कथव गुरुदेव मैं चार चीज़ ला छोड़ सकथंव

गुरुजी : अरे बाप रे, चार चीज़? कौन कौन से बेटा?

चोर : पहली परन हे गुरुदेव, आज ले मैं सोन के थारी में खाबेच नई करंव

गुरुजी : कइसे केहे बेटा

चोर : गोल्डन प्लेट में नइ खांव कथंव

गुरुजी : ये पहिली परन ये?

चोर : हव! अऊ दूसर परन हे गुरुदेव, आज ले मैं हाथी में बइठ के जूलूस में जावेच नइ करंव

गुरुजी : का केहेगा!

चोर : एलीफेन्ट में बइठ के प्रोसेशन में नइ जांव कथंव!

गुरुजी : ये दूसरा परन ये?

चोर : हव! अऊ तीसरा परन हे गुरुदेव के कोई भी देश के राजकुमारी मोर से कही ना के आ चरन दास मोर से शादी कर ले, मैं नइ जांव गुरुदेव

गुरुजी : थोड़ा जोर से बोल न बेटा सुनावत नइये!

चोर : क्वीन संग मेरीज नइ करंव कथंव!

गुरुजी : ये तीसरा परन हे न?

चोर : हव गुरुजी! अऊ चौथा परन हे गुरुदेव, कोई भी देश के जनता मोर से कही ना के आ चरन दास ये देश के गद्दी खाली हे एमा बइठ जा अऊ ये देश के राजा बन जा, मैं नइ बनव गुरु जी!

गुरुजी : समझावत नइये बेटा

चोर : प्राइम मिनिस्टर कथे ना बइसने नइ बनव कथंव

गुरुजी : सुने बेटा मैं सुने रेहेंव कि आदमी सोये के बाद सपना देख थे तैं तो जागत-जागत सपना देखथरा रे! सुने चरन दास ये सब तोर जीवन में नइ आय बेटा!

चोर : वाह गुरुजी मौका तो आये कहूं लगगे तब

गुरुजी : हव चोरहा आदमी मौकेच ला ताकथे रे! कस बेटा ये सब परन ला तैं अपन मन से करे कि मोर मन से?

चोर : अपन मन से गुरुदेव

गुरुजी : मोर मन से तो नइ ना?

चोर : बिल्कुल नहीं

गुरुजी : एक बात गुरु के मान जा बेटा तैं झूठ बोले बर छोड़ दे!

चोर : वो हो... अब आपे मन बताव गुरुदेव ये सुरज ले ओकर रोशनी ला छिन लेहू तब बनही का? नइ बनय! अरे भई ये उंगी ले नख निकाल लेहू तब बनही का? वइसने चोरी अऊ झूठ के इतना पक्का रिश्ता हे गुरुजी वोकर बिना बनवेच नइ करे बनय

गुरुजी : त मोरो से नइ बनय

चोर : नइ गुरुदेव *(हवलदार आ जाता है)* वो दे गुरुजी हवलदार .... ऽऽऽ *(गुरुजी के पीठ के पीछे छुप जाता है)* **(हवलदार एक दो आदमी को देखता है। नहीं मिलने पर चला जाता है)**

चोर : पक्का हे गुरुदेव

गुरुजी : का पक्का रे! के हवलदार ला देख के पक्का बने हस!

चोर : नइ गुरुदेव अतेक भक्त तुम्हर सामने बइठे हे ये सब झन के सामने मैं तुम्हर पांव छू के परण करथंव के आज ले मैं झूठ बोलबेच नइ करंव!

गुरुजी : आ बेटा मैं तोर कान फूंक देथंव! *(चोर का कान फूंकता है)* ओम, चांद सुरज दूनो भाई शिवशंकर हनुमान। महादेव मे जल चढ़ाई, जल पावो गुरु नमस्कार महराज फूं.........

गुरुजी : चरन दास?

चोर : हौ गुरुदेव

गुरुजी : अब गुरु के बारे में तोर का ख्याल हे बेटा

चोर : सब अपन-अपन धंधा में मस्त हे गुरुदेव

गुरुजी : का मतलब हे बाबू?

चोर : देख गुरुदेव मैं रात बिकाल के ये गली ले वो गली सबके नजर बचा के चोरी करथंव अऊ तुमन दिन दहाड़े खुला मैदान जनता सारी जमा हे तुम्हर आमदानी जादा हे गुरुदेव!

गुरुजी : लगाहूं चिमटा तो सब भुला जाबे! अरे बेटा मैं तो गुरु दक्षिण ला कहाथंव!

चोर : गुरुदक्षिणा ला केहेव गुरुदेव?

गुरुजी : हव

चोर : वाह उहार ला देखव न गुरुदेव!

गुरुजी : अरे बाप रे अतेक बड़ गट्ठा काय-काय लाये हस बेटा *(खोलता है)*।

चोर : सब तुम्हरेच बर आय गुरुजी

गुरुजी : वह बेटा वाह... अरे, अतेक अतेक कपड़ा मोर का काम के बेटा संत ला तो एक लंगोट चाही।

चोर : वाह उपरे उपर ला देखेव गुरुदेव भीतरी में देखव न जी

गुरुजी : अरे भीतरी अऊ हावे रे *(खोलता है। सोने की थाली निकलती है)* अरे बाप रे ये सोन की थारी तोर ये चरन दास?

चोर : वोला तो तुमन जानी डारेंव गुरुजी

गुरुजी : का ला?

चोर : वोला जल्दी से अंदर कर लेव नइ तो हवलदार आत होही

गुरुजी : हव येला मैं अइसे अन्दर कर लेथंव अऊ हवलदार गोला अंदर कर दी ही!

चोर : वाह उहा तो अच्छा खाये पीये बर मिलथे जी अच्छा मोट डाट होके निकल थे आदमी

गुरुजी : अब ये उमर में का मोटा हूं बेटा! मैं तो पइसा मांगथंव

चोर : पइसा ला केहेव गुरुजी

गुरुजी : हव

चोर : मैं झूठ नइ बोलव गुरुदेव

गुरुजी : अरे काबर झूठ बोलबे गा, झूठ नइ बोलंव कहिके तैं परन करे हस

चोर : मोर गेर 2 रुपया बारा आना है गुरु देव!

गुरुजी : हां लादे बेटा *(खुली हुयी गठरी बाँधता है)*

चोर : *(जेब से रुपया निकालता है)* ये दू रुपया हवलदार के

गुरुजी : गुरुजी कांही दार के हौवै मोला तो पइसा चाही

चोर : *(दो रुपये को वापस जेब में रखकर)* ये बारा आना सेतुवा वाला के

गुरुंजी : हां बेटा दे

चोर : ये लो गुरुदेव

गुरुजी : बारा आना ला देवथस? तैं तो दू रुपया बारा आन केहेस ना?

चोर : दोनों मिला के नइ केहेव गुरुजी?

गुरुजी : अरे तो वहू ला इही में मिला दे न!

चोर : नइ गुरुदेव अतेक मंहगाई के जमाना में अतका में तो एक टाइम के भोजन नइ होय!

गुरुजी : वही भोजन में तो महुं शामिल हंव रे

चोर : जल्दी आशीर्वाद देव गुरुदेव? वोदे हवलदार पहूंच गे *(हवलदार आता है। पकड़ने की कोशिश करता है। चोर भाग जाता है। हवलदार भी उसके पीछे-पीछे जाता है। गुरुजी कपड़े की गठरी और चिमटा वग़ैरह उठा कर मंडली के साथ गाना गाते चले जाते हैं)*

बाबा रमता अकेला बन में
साधु रमता अकेला बन में बाबा...

(हवलदार गुरुजी के पीछे-पीछे मंडली के साथ जाता है। लेकिन चोर ठीक उसके पीछे रहता है। वो चोर को अचानक पलटकर देखता है। चोर नमस्कार करके चला जाता है। हवलदार नमस्कार करने वाले की तरफ दुबारा देखता है तब तक चोर ग़ायब हो जाता है)

दृश्य : तीन

सेतुवावाला

सेतुवावाला : हे भगवान का करंव? कहां जांव? कइसे अपन बाल बच्चा के पेट भरवं परमात्मा।

चोर : का होगे जी?

सेतुवावाला : एक बार मोर सेतुवा ला ले लेस एक बार मोर पइसा छिन लेस अब आ मोर गला ला दबा दे

चोर : बने पूछथंव का होगे तेला बता?

सेतुवावाला : का बतांव भइया तीन साल होगे लगातार। अकाल पड़त, सब गाय गरु मवेशी मरत जाथे सारी जनता में त्राही-त्राही गचे हे अब दूसर के बात ला का बतांव मोरे बाल बच्चा के पेट में तीन दिन होगे अन्न के दाना नइये! इही गांव के एक झन मालगुजार हे साल में तीन फसल चार फसल उगाथे, कोई गरीब आदमी कुछ कांही मांगे बर जाथे तो ओकर पहलवान मन डंडा लेके सलाम कर थे!

चोर : कौन मालगुजार ये

सेतुवावाला : वोदे एक-एक ठन टिकली ला जोड़त बइठे हैं

चोर : जा एक बार अऊ मांग के देख?

सेतुवावाला : नइ जांव भैय्या

चोर : काबर?

सेतुवावाला : बंदूक में गोली भरे रथे

चोर : बाप रे

सेतुवावाला : देखे तहूँ डर्रा गेस ना!

चोर : जा एक घांव अऊ मांग के देख

सेतुवावाला : मैं नइ जांव! तोर नांव चरणदास हे न?

चोर : हव!

सेतुवावाला : तैं झूठ बोलत होबे

चोर : अइसे लगाहूं खिंच के तोर सारी जम्हड़ा झड़ जाही जा एक धांव अउ मांग के देख

सेतुवावाला : तैं इही मेर खड़े रबे ना?

चोर : हव

(सेतुवावाला घबराते-घबराते जाता है और मालगुजार की गद्दी पर बैठ जाता है)

मालगुजार : आ... मोर मुंडी उपर बइठ जा

सेतुवावाला : गलती होगे मालिक

मालगुजार : गलती नइ होये रे तुमन आदमी ला चिन्हव नइ! हं कइसे आये हस रे!

सेतुवावाला : तीन दिन होगे मालिक मोर लइका मन खाये नइये

मालगुजार : मैं तोर बाल बच्चा के ठेका ले हंव रे?

सेतुवावाला : ठेकाते नई ले हस गा फेर दू तीन किलो चांवल दे देते मालिक बनी भूती करके छूट देतेंव! भगवान के दे तोर घर का चीज के कमी है मालिक

मालगुजार : भगवान हा मोर घर में भर दे हे त तुम्हर मन के बाल बच्चा के पेट भरे बर ये रे

(चोर मालगुजार के सामने अकड़-अकड़ कर चलता है। आस्तीन चढ़ाता है और उसको घूर-घूर कर देखता है)

अरे तैं काबर अकड़-अकड़ के चलत हस हांथ पांव के नस तो चढ़ जाही रे कस रे ये तोर संगवारी ये रे

सेतुवावाला : हौव

मालगुजार : त तैं मोर बर पहलवान लेके आये हस रे

सेतुवावाला : मैं गरीब आदमी कहां ले पहलवान लाहूँ मालिक

मालगुजार : कस रे तैंकोन अस रे?

चोर : मैं आदमी अंव!

मालगुजार : अरे वो तो महू देखथौंव रे केंतैं आदमी अस मैं तोर नाम अऊ काम ला पूछ थंव!

चोर : झन पूछ।

मालगुजार : काबर

चोर : तैं सहे नइ सकबे?

मालगुजार : अतेक वजन हे रे तोर बात हा

चोर : हव

मालगुजार : अच्छा ले तो मंहूं सुनव

चोर : त सुन, मोर नाम हे चरन दास मोर काम हे चोरी दूनों मिला के मोला चरन दास चोर कंथें?

मालगुजार : हव त तैं चोर अस तो मोर घरे ला उठा के लेग गाबे

चोर : हव, मौकां पड़ही तो वइसने हो जाही। अरे एक गरीब मांगथे बोला दे दे?

मालगुजार : तैं काहथस त दे दंव!

चोर : हव मैं कहाथव त दे दे नइतो तोरेच घर के सब धान ला चोरी करके सब गरीब मन में बांट देहूं!

मालगुजार : अरे कहाथंव येला इंहा ले टार ले

सेतुवावाला : समझजा दाऊ मैं सुने हंव ये हा सच बोलथे जइसे कहिये वइसने करके बताथे येला नइ देबे न तो तोर सब उल्टा-पुल्टा हो जाही

मालगुजार : वाह रे मोर धर्मराज के दूत तुमन मोर सब उल्टा-पुल्टा कर देहू रहे! अरे मैं कथव येला इंहा ले टार

सेतुवावाला : समझजा दाऊ

मालगुजार : अरे मैं कथवं येला इंहा ले टार

चोर : नइ समझे तो चल रे *(सेतुवावाले को पकड़ कर ले जाता है)*

मालगुजार : आगे साले दे दे ईहनर बाप भर दे हे दे दे हम इंहा साले ला कइसे करके जौड़े हन हमला मालूम हे आगे साले देदे-देदे अरे ब्रिज रे *(पुकारता है)*

ब्रिज : काये मालिक

मालगुजार : अरे दू झन आये रिहिन रे मोला तो चोर सही दिखत रिहीन रे

ब्रिज : अरे राहन दे मालिक अइसन चोर तो गली चोंक्का में बइठे रथे *(जाता है)* अरे ब्रिज रे ऽऽऽऽ *(जाकर आता है)*

मालगुजार : अरे वोमन कहात रीहिने की सच बोलथे जइसे कहिथे वइसे कर के बता थे!

ब्रिज : तैं चिन्ता झन कर मालिक ये लउठी लेके मुहाटी में बइठे रहूं! *(वापस चला जाता है)*

मालगुजार : दे दे... दे दे साले हराम के कमाई ये का रे अरे ब्रिज रे

ब्रिज : कायेगा?

मालगुजार : देख गाँव वाला मन ला चेता दे मोर आवाज़ सुनके दौड़त आही कहिके

ब्रिज : मैं अभी जाथव मालिक *(चला जाता है)*

मालगुज़ार : दे दे... दे दे अरे ब्रिज रे

ब्रिज : ओ हो काये गा!

मालगुजार : धान के बोरा छलनी करे हस तेला गोला गिन के बता तो

ब्रिज : हव... *(बोरों के पास जाता है। बोरे गिनता है। हिसाब जोड़ता हुआ आता है)* तीन सौ छत्तीस हे मालिक

मालगुजार : बने गिन हस?

ब्रिज : हव

मालगुजार : दे दे कमा कमां के मोर बाप का ईखरे मन बर रख देहे आगे साले काम न धाम? दे दे दे दे!

ब्रिज : मालिक, एक ठन बीड़ी दे देते गा

मालगुजार : मोर घोड़ी दाना खाइस रे

ब्रिज : नई खाये है

मालगुजार : जा पहिली दाना खवादे फेर पी लेबे बड़ी!

(नेपथ्य में राऊत टोली के दोहों के साथ नाचने-गाने की आवाज़ आती है)

ब्रिज : रारुत मन आगे मालिक

मालगुजार : लान तो रे मोर हारमोनिम ला

(ब्रिज हारमोनियम ला कर देता है राउतों की संगीत मंडली से। टोली मंच पर नाचती है। उसी भीड़ में चरन दास चोर सेतुवावाले के साथ मिलकर सारे धान के बोरे उठा ले जाता है। सारी टोली नाचते-गाते मालगुजार से दान लेकर चली जाती है)

मालगुजार : वाह वाह राऊत मन के गदबदइ ये रे मजा आगे रे ब्रिज!

ब्रिज : हव मालिक ओ हो कइसे नाचीन गा धुर्रा माटी एकेमे सनागे *(चला जाता है।* अचानक मालगुजार की नज़र उस जगह पड़ती है जहाँ बोरे रखे थे।)

मालगुजार : अरे ब्रिज रे!

ब्रिज : काये मालिक

मालगुजार : इंहा सब धान के बोरा रीहिस कहां गे?

ब्रिज : इही मेर तो रीहिस मालिक

मालगुजार : अरे तहू राऊत मन के नचइ में भुला गेस रे

ब्रिज : थोडिकन नाचे हंव गा

मालगुजार : तोर थोड़िकन नचाइ में मोर तो नसकान होंगे रे ऽऽऽऽ अरे गांवों वालेमन दौड़ो रे दौड़ो रे (*'दौड़ो रे पकड़ो रे' की नेपथ्य से आवाज़ आती है। सेतुवावाला एक बोरा पीठ पर लादकर मंच पर लाता है। चरन दास ग़रीबो को धान बांटता है)*

गीत : *सुनो सुनो संगवारी भाई मोर चरन दास चोर नइये*
बड़े बड़े पैसा वाला सेठ साहुकार घर
जा-जा के वोहा चोरा थे
हमर असन घर में वो नइ करै चोरी
लान के करीब ला खवाथे
सुनो ऽऽऽ सुनो ऽऽऽऽ

कतको भई आदमी मन चोर नइ दिखे
जबरा पदवी पगड़ी वाला
चोरी के माल हा निकलही तैं खोजबे ते
उंखर तिजोरी के ताला
सुनो ऽऽऽ सुनो ऽऽऽऽ

सच के आघु नइ चले करवरो चालाकी
सिपाही दरोगा तक डर्राथे
सच संसार से भी ऊपर है
सच भगवान से मिला थे
सुनो ऽऽऽ सुनो ऽऽऽऽ

(पीछे-पीछे मालगुजार धान लेनेवालो की लाइन में आता है। सेतुवावाला उसको दान देने की कोशिश करता है)

मालगुजार : अरे हट रे *(सेतुवावाला भाग जाता है)*
कस रे चोर *(चोर के कालर पकड़ लेता है)*

चोर : मैं चोर अंव की तैं चोर अस

मालगुजार : मैं अभी बताथंव

चोर : महुं बताथंव *(मालगुजार के कालर पकड़ लेता है)*

मालगुजार : पुलिस

चोर : चोर

मालगुजार : पुलिस

चोर : चोर

मालगुजार : पुलिस *(हवलदार भागते हुये आता है)*

चोर : पकड़ ले *(मालगुजार का कालर हवलदार को पकड़ा देता है और भाग जाता है)*

हवलदार : आज पहूंचाये हंव रे बेटा अभी तोला बताथंव रे

मालगुजार : अरे मोला नइ चिन्हत हो मैं तो ये गाँव के मालगुजार आंव

हवलदार : मोला धोखा नइ दे सकस बेटा

मालगुजार : अरे अभी चोर हा तो भागथे रे?

हवलदार : मोर से बोचके कुछ नइ जा सके मालिक मैं बोला अभी पहुंचा लेहूँ

मालगुजार : अरे वो तो बहुत दुरिहा निकलगे रे?

हवलदार : कतको दौड़े मालिक मैं ओकर से आगु जाके बोला सपड़ा लेहूं! अरे देख तो मालिक नदिया में कूद गे गा! अरे बेटा मोला तो तउरे बर आथे कइसे बांचबे रे! अरे वाह रुख में चढ़गे गा वाह बदले कूददिस गा अरे बेटा मोर हाथ से तैं कहूं नइ जा सकस रे!

मालगुजार : जा न रे दौड़ के पकड़

हवलदार : मालिक आज बोला तो मैं पकड़ीच के रहूं गा तोर घर के चोरी कमती बात हे गा?

हवलदार : वो भागते ऽऽऽऽ वो भागथे। रुक जा रहे बेटा... चोर ऽऽऽऽ वो भागथे

मालगुजार : अरे तैं तो हट ये मेर ले *(ढकेल देता है)*

दृश्य : मंदिर

भय प्रकट कृपाला दीन दयाला
कौशिल्या हितकारी
हर्षित महतारी मुनि मनहारी
अद्भुत रूप निहारी

लोचन अभिरामा तन घनश्यामा
निज आयुष भूज चारी
भूषण बन माला
नयन वीषाला
शोभा सिन्धु खरारी
कहे दूरी करजोरी
अस्तुति तोरी
केहि विधि कर हूं आनंता
माया गुण ज्ञाना
तीत अमाना वेद पुराण भवंता
आंश झुकाना

जय जय राम लला हो जय-जय जनक लली...
जय जय राम लला हो जय-जय जनक लली...
हो राम लला हो जय, जय जनक लली हो
जय-जय लखन लाल बजरंग बली
श्री राम जय राम जय जय राम जय जय राम

अतुलित बल धाममं स्वर्ण शैलाब देहम्।
धनुज बल किसानम् ज्ञाना नामा गरगंयम।।
सकल गुण विधानम बानरा नाग भीषण।
रघुपति वर दूतम वात जातम् नमामि।।

पुजारी : बोल सिया राम चंद्र की

भक्त : जय

पुजारी : ये लो बेटा प्रसाद हां ये ले दाई हरे कृष्ण गोविन्द हरे मुरारी हे नाथ नारायणनम् वासुदेवा येले बेटी *(चरण दास आता है और कीमती सोने का हार पुजारी की आरती में चढ़ा देता है)* अरे बाप तैं अतेकन ला चढ़ा देस बेटा!

चोर : हव महराज

पुजारी : कस बेटा का नाम हे तोर?

चोर : चरन दास

पुजारी : अऊ का काम करथसगा?

चोर : चोरी करथंव महराज

पुजारी : पुजारी जब तैं अतेकन ला चढ़ा देस त तैं चोर होबे गा मैं नइ पतियांव कस बेटा अऊ कहां रथस गा!

चोर : झन पूछ महराज मोर कोई ठीकानाच नइये, जंगल झाड़ी पहाड़ पर्वत जिंहा जगह मिल जथे ऊहां रहि जाथंव

पुजारी : कस बेटा इंहा कइसे आये रहेगा!

चोर : भगवान से धन मांगे बर आये रेहेंव महराज

पुजारी : भगवान में हैं जब अतेकन चढ़ा देस तो भगवान तोला दे में कमती नइ करय गा उना के दूना दीही अऊ कब जाबे बेटा

चोर : भइगे भगवान दीदी तंहाले चल दूइं महराज

पुजारी : अइसन दयालु जीव ला भगवान जल्दी नइ जान दे रात भर रहि जा सुबह स्नान ध्यान करबे भगवान के दर्शन करबे परसाद खाके जाबे गा

चोर : नहीं मोला झन रोक महराज

पुजारी : काबर?

चोर : डल्टा तोर नसकान हो जही!

पुजारी : अरे बेटा पुजेरी के नसकानी ला भगवान दे के रही! ये ले परसाद अऊ जा आराम कर **(चोर जाकर सो जाता है। पुजारी उसकी बगल में सो जाता है। पुजारी करवट बदल कर टांग चोर के उपर रख देता है। चोर उठने के लिए पुजारी की टांग दबाता है)** कंइसन कइसन दयालु जीव भेज हस बेस भगवान तोर जय होगा **(चोर मंदिर के सारे सामान के साथ मुर्ति चोरी कर लेता है। पुजारी के पैर पड़ता है)**

चोर : मैं जावथंव महराज पायालागी बने सुते रबे ना ऽऽऽ

पुजारी : कहां चल देस रे... हां बाथरूम गे होही...आयेगा...अरे अभीले नइ आयेस रे...मणी ल लेगे अऊ तंदू चल दे भगवान...वो हा चोर अंब कहात रीहिस...सहीं में चोर...चोर ऽऽऽऽ चोर ऽऽऽऽ

(बस्ती वालों का शोर)

चोरी होगे, चोरी होगे...

गीत :

तरीच नारी नाहा ना मोर नाहा नारी ना ना रे
सुआ हो तरी ओ नारी नाहा नारी ना
नारे सुआ हो तरी ओ नारी नाहा नारी ना
का कहइबो या सोचेला होगे
कइसे ढंग बताबो दीदी परोसिन, छोड़त नइये वोहर एको खोर
परोसिन देख तो बहिनी आवत हाबे चोर
परोसिन देख तो बहिनी आवत हाबे चोर ऽऽऽ तरीच नारी...
बड़े-बड़े चोरी करथे दिन दहाड़े जाके दिन दहाड़े जाक
चलो बहिनी अपन चीज रख देबो छुपाके रख देबो छुपाके
सांच में कछु आंच नइये त कइसे डर्राबो दीदी परोसिन
चल न हमन गांव में करन शोर
परोसिन देख तो बहिनी आवत हावे चोर
दगा धोखा में हाबे मजा भारी हो, अबके दिन में सुनले जी
इंहा बनही जेकरे होशियारी हो अबके दिन में सुनले जी
पानी हा गुड़ बने बने गुड़ मिसरी शक्कर हे मांद काड़ी येला मत बिसरी
लंद-फंद में ढाबे बलिहारी हो अबके दिन में सुन ले जी दगा
घर में घुस के घुमत हवे, बोला का चेतावे
दीदीपरोसिन, वन में जइसे नाचते हावे मोर
छोटे-छोटे चोर को लेजावे धरके, ले जावे धरके
बड़े चोर देख-देख रहि जावे डरके, रहि जावे डरके

ये बड़ा अंधेर होगे बिपत का बताओ दीदी परोसिन
वोकर भुजा में हे बड़ा जोर
परोसिन देख तो बहिनी आवत आबे चोर
दगा धोखा ऽ ऽ ऽ ऽ ऽ ऽ ऽ ऽ ऽ ऽ ऽ ऽ ऽ
राजा हे चोर भइया चोर हावे राजा
चोर के हाबे भगवान संग साजा
बैद खुद लेके बइठे हे बिमारी हो अबके दिन मे सुनले जी
इंहा बनही जेकरे होशियारी हो अबके दिन में सुनले जी
तरीच नारी नाहा जा मोर नाहा नारी ना ना रे
सुआ हो तरी ओ नारी नाहा नारी ना नारे सुवा हो
तरी आ नारी नाहा नारी ना ऽ ऽ ऽ ऽ

(गीत के बीच में हवलदार आता है। चोर हनुमान बन जाता है। हवलदार पैर छूता है। चोर भाग जाता है। इसी तरह हर अन्तरे के बीच में चोर और हवलदार की दौड़-धूप है। आख़िरी में चोर विकलांग बनकर आता है। दया करके हवलदार उसको दान देता है। चोर फिर ठीक होकर भाग जाता है)

– मध्यान्तर –

दृश्य : चार

ख़ज़ाना

(चार सिपाही भाला और ख़ज़ाना लेकर आते हैं। उनके पीछे-पीछे मुनीम खाता लेकर आता है। सिपाही ख़ज़ाना एक जगह रखकर खड़े हो जाते हैं)

गीत

गुरुजी : *बाबा रमता अकेला बन में*
साधु रमता अकेला बन में

शेर खाल में साहेब हे राजी
मुंशी राजी धन में
चार आना में चपरासी हे राजी
सधत. काम हर क्षण में
बाबा रमता...

चोर : पांव परथंव गुरूजी

गुरुजी : जीयत राह बेटा खुश रहा!

चोर : तुमन मोला भुला तो नइ गेव गुरूदेव?

गुरुजी : अरे तोला कोन भुलाही रे बेटा तोर तो नाम संसार में उजागर हे तंही मोर एक चेला हस जे गुरु के नाम ला ऊपर उठाव थस तोरे मे कमाल हे बेटा दूसर अऊ कोनो आदमी नइ कर

सकय।

चोर : हव गुरुदेव फेर में आज ले सच बोले वर नइ छोड़े हवं

गुरुजी : सच बोले बर नइ छोड़े हस अऊ चोरी करे बर लोके नई छोड़े हस

चोर : बस गुरूजी एक ठन चोरी गऊ बांचगे हे बोला कर लूहूं ना तंहाले चोरी करे वर धलोक छोड़ देहूं

गुरुजी : अरू कोन से चोरी बांचगे हे रे?

चोर : वो डाहर ला देखव न गुरुजी?

गुरुजी : हाय बाप रे सरकारी खजाना के चोरी!

चोर : हव गुरूजी

गुरुजी : चरन दास ये काम ला तैं भुन कर बेटा कंही रानी दाई सून लिही ना त तोला बिना पकड़वाय नइ छोड़य बेटा, अरे तै तो काहत रेहे ना तोर करा बहुत अकन धन सकलागे कहिके, फेर तंय गुरु सेवा में काबर नइ लग जास...

चोर : बिल्कुल सही बात करेव गुरुदेव! बस गुरुदेव तुमन आज से गोरे धर में रहो, मैं तुम्हर सेवा करहूं तुम आराम करो चैन के बंशी बजाओ मैं पाँच मिनट में आवत हो!

गुरुजी : अरे बेटा आजेच नवा मन्त्री अवइया हे

चोर : ओ हो नवा मंत्री अवइया हे तो वोकर मोर से का काम मोर मन में तो एके लालसा हे गुरुजी सरकारी खजाना के चोरी कहू वो चोरी ला नइ करहूँ न तो मैं अपन नाम बदल देहूं, मोर नाम चरन दास चोर नहीं। बस गुरुजी मैं पांच मिनट में आवतथंव *(कुछ सोचकर वापस आता है)* का हेके गुरूजी नवां मंत्री अवइया हे?

गुरुजी : हव

चोर : काबर आत होही?

गुरुजी : काबर आत होही! अरे सरकारी खजाना के जाँच करे बर आजेच निकले हे अऊ ये बात के पता सब शहर में मालूम है!

चोर : बस! गुरुदेव मैं जल्दी से आवतथंव *(जाता है)*

गुरुजी : अरे चरनदास सुन तो बेटा सुन तो रे *(उसके पीछे-पीछे जाता है। चोर कुछ देखकर रुक जाता है)*

चोर : वो आथे तिही हर ये का गुरुदेव!

गुरुजी : अरे हौव उही ये तइसे लगथे! बेटा

चोर : बस गुरुजी वो मंत्री सहाब ला तुमन 10 मिनट गप-शप में भिड़ा के रिखिहौं मैं अभी आथंव!

गुरुजी : मंत्री सहाब संग मैं गपशप करिहौं ये काम मोर से नई हो सकय भई

चोर : बस गुरुदेव मोर आखरी चाोरी बांच गेहे मोर अतेक मदद नहीं करिहौं।

गुरुजी : माया मिले न राम, दुविधा में गए प्राण

चोर : मैं तोला छोड़ा हूँ गुरुजी।

गुरुजी : फेर धंसाबेच! चरणदास तैं एक काम कर बेटा बहुत अकन फूल माला के गजरा लान के दे दे।

चोर : वोऽ हो मोला काम है गुरुदेव मोर करा समय जइये *(अचानक हवलदार को देख लेता है जो आराम से सुस्ताते हुए बीड़ी पी रहा है)* बस गुरुजी मैं अभी आवतथंव *(हवलदार के पास जाता है। उसे जेब से रुपये निकाल कर देता है और कान में कुछ कहता है। हवलदार चोर से हाथ मिलाता है और खुशी-खुशी वहाँ से जाता है। गुरुदेव उसको देख कर घबरा जाता है लेकिन हवलदार मुस्करा कर चला जाता है)*

गुरुजी : हवलदार ला भेजथंव!

चोर : में हवलदार ला भेजथस?

गुरुजी : हवलदार ला काबर भेजेबे रे?

चोर : तुमन काबर डर्रा थो गुरुजी वो तो मोर जिगरी दोस्त ये?

गुरुजी : तोर जिगरी दोस्त ये!

चोर : हव ओकरे हाथ में फूल माला के गजरा भेजभंव बस गुरुजी

मैं अभी आथंव

गुरुजी : चरन दास जल्दी आवे न बेटा?

चोर : हव *(जाता है। रास्ते में मंत्री को देखता है)*

गुरुजी : मंत्री साहब के कल्याण हो!

मन्त्री : ये दान माँगे के जगह नो हे महराज दान लेना है तो धर में आ जाव?

गुरुजी : मैं दान कंहा मांगथव जी! मैं तो आप मन के स्वागत करे बर खड़े हंव!

मंत्री : स्वागत?

गुरुजी : हव, बहुत अकन संस्था वाले मन देखत हे कि कब नवा मिनिस्टर आही त कब हमर संस्था के उद्घाटन करही!

मंत्री : उद्धाटन?

गुरुजी : हव, भई सब झन फूलमाला के गजरा ले-ले के खड़े हे।

मंत्री : कहां हे गजरा!

गुरुजी : आप मन अगुवा गेव वो मन पछुवा गेहे तइसे लागथे *(हवलदार फूलमाला रिबन और कैंची लेकर आता है)* ये...दे आगे हवलदार हां येती आ भैय्या *(हवलदार से हार लेकर मंत्री साहब को पहनाता है)* ये लंदन के तरफ से, ये दिल्ली के तरफ से, ये मध्य प्रदेश के तरफ से, ये कलकत्ता के तरफ से, ये फलाना के तरफ से, ये जतेक संस्था बांचगे हे वोखर तरफ से

मंत्री : मोर तो आंखी मूंदागे जी!

गुरुजी : तुम काबर फिकर करथौं मैं तो तम्हंर आंखी हौं जी, हवलदार वो केची ला दे भैय्या हाँ येदे फिता लामे हे येला काटो अऊ उद्घाटन करो।

(हवलदार मंत्री को क़ैंची देता है। फ़ीता उसके सामने करता है। मंत्री का पूरा चेहरा फूलों से लद गया है। उसके एक हाथ को गुरुजी पकड़े रहते हैं)

मंत्री : ये काये?

गुरुजी : ये सायकाल दुकान वाले ये! येला काटो? आइसे! वो दे एक ठन अऊ हे!

मंत्री : ये हा काये?

गुरुजी : ये मोची दुकान हो येला काट दो! हाँ येदे एक ठन अऊ हे!

मन्त्री : ये काये।

गुरुजी : ये गौरमेंट हा पब्लिक मन बर बाथरूम बनाए है! येला काट दो! ये बात! येदे एक ठन अऊ हे!

मंत्री : ये काये?

गुरुजी : ये तो मोरो समझ में नइ आवथे मंत्री सहाब! फेर काट दो? अरे मोर नाक के उद्घाटन कर दे रेहेव जी! ये दे तो हावे! अइसे

मंत्री : होगे।

गुरुजी : अभी कंहा होये है अभी तो पूरा शहर हा बाँचे हे, हवलदार ये कैंची ला पकड़ ले अइसे आ जावो मंत्री साहब मोर हाथ ल धरके। *(मंत्री उसके पीछे-पीछे अंधों की तरह चला जाता है। चरन दास आता है और सिपाही के आगे अचानक पहुंच कर उसकी दाढ़ी छू कर कहता है)*

चोर : दाढ़ी बढ़ा के आए हस तोला नाऊ नई मिलीस

(मुनीम आवाज़ सुनकर बाहर आता है)

मुनीम : जय राम जी की मंत्री साहब

चोर : जय राम जी, चाबी कंहा हे?

मुनीम : *(अपनी धोती में खोंसी हुई चाबी निकालकर देता है)* ये दे मोरे करा हे।

चोर : खाता कहाँ हे?

मुनीम : वहा दे चलो भीतर!

चोर : (भीतर पहुंच कर खाता देखता है) हूं...खजाना कहां हे?

मुनीम : *(ख़ज़ाना की तरफ इशारा करता है)* वो दे

(चोर ख़ज़ाने के पास जाता है। उसके पीछे-पीछे मुनीम भी जाता है)

चोर : ये मेर का करथस जा अपन काग करबे?

मुनीम : जी हौव *(सिपाही के पास जाता है। चोर खजाने को खोलता है)* कस रे लेंजवार कें बच्चा तोला मालूम नइ ये मंत्री सहाब अवइया हे कहिके

सिपाही : मालूम हे न जी

मुनीम : फेर दाढ़ी बना के काबर नई आये।

सिपाही : चार बजे रात के बनाए रेहेव!

मुनी : अऊ मुंह जोरी करथस!

सिपाही : छूरा कैंची साथ में लेके आहूं?

मुनीम : हौव दिन में चार धांव दाढ़ी बनाय कर देखत नइ हस मंत्री साहब के हाथ छोलागे उल्लू गधा कहीं के!

सिपाही : जी हौव!

(मुनीम जाकर अपनी जगह पर बैठ जाता है)

चोर : *(ख़ज़ाना खोलकर)* अरे बाप रे, अतेक बड़ ताला अऊ अतेक बड़ खजाना? कौन जाने ये मा देश के कतेक धन भराय होही। *(देखता है)* ओ हो सोना, चाँदी, हीरा, मोती, पन्ना जवाहरात! अं ये सब ला ले जाके का करहूं ये सब तो मोरे धर में हे सोना के इटा ओ वजन ला ले जाके का करहूं सोने के मोहर? हाँ येमा रानी के छाप हे ऐखर चोरी में तो पता चली जही मोर मन मे लालसा रिहिस सरकारी खजाना वे चोरी अब आगे हंव त दूर चार ठन ले थंव! एक...दो...तीन चार पाँच छै...नहीं नहीं पाँचे ठन ठीक रही *(जेब में मोहर रखता है। मुनीम के पास जाता है)* पकड़ खाता?

मुनीम : जी हव!

(जैसे ही बाहर निकलता है मंत्री पहुँच जाता है। उसका हाथ जोड़कर स्वागत करता है और भाग जाता है। मंत्री साहब

उसको पलटकर देखते हैं और भीतर जाने की कोशिश करते हैं। सिपाही रोक देता है)

मंत्री : अरे...हटो रास्ता छोड़ो!

मुनीम : वोला छेके रइहव रे मैं आवथंव *(बाहर आता है)*

मंत्री : मोला अभी खजाना के जांच करना है?

मुनी : बड़ा खजाना के जांच करना है? अरे खजाना के जांच करके मंत्री साहब चलेगे कंहा के मंत्री के भेष बना के आ गेहे चोरहा लफंगा लंदी-फंदी!

मंत्री : तोला नौकरी करना हे के नहीं।

मुनीम : करना है?

मंत्री : वो कोई दूसर होही, चोर होही, मैं मंत्री अंव

मुनीम : दूसर होही, चोर होही *(सोचने लगता है) (अचानक ख्याल आता है)* अरे हव मंत्री साहब वोकर पांव में जूता नइ रीहिस जी मोर से बहुत बड़े गलती होगे मंत्री साहब अरे हटो...रे रास्ता छोड़ो

मंत्री : ये खाता उठा अऊ बरोबर जाके मिला चोर आये रीहिस कंही चोरी तो नइ होगे!

मुनीम : जी हौव *(मंत्री वहीं खाते के पास बैठकर चेक भी करता है। मुनीम ख़ज़ाने के पास जाता है)*

मुनीम : अरे बाप रे का-का चीज के चोरी होगे भगवान। राम-राम मैं कइसे पहचान इन पायैव जी! का-का चीज़ के चोरी होय हे थोड़ा देखव तो? *(सारे ज़ेवरात निकालकर मिलाता है)* हां ये हू ठीक है ये भी ठीक है सोन के इटा हां ये भी ठीक है! ठीक हे? कहूं बदल तो नइ दे हे! *(ग़ौर से उठाकर हिलाकर देखता है)* हां ठीक हे! सोन के मौहर...एक, दो, तीन, चार, पाँच...छै...अरे पाँच मोहर कम *(फिर ठीक से गिनता है)* एक, दो, तीन, चार, पाँच, अरे पाँच मोहर कम पांचेच मोहर कम वाह रे चोर तोला चोराय बर रिहीस त पाँचेच मौहर चोराय ले न रानी ढाई

पूछही त मैं का बताहूं अऊ बताय ला पड़हीच अइसन में नई बने चोरी मौका अच्छा हो येम के पाँच मोहर मैं निकाल लेथंव दस मोहर बाता दूहू तब बनी ही चोरी...एक दो तीन चार पाँच *(जेब में मोहर रख लेता है)* मंत्री साहब लूटगेन बर्बाद होगेन (चिल्लाता है)

मंत्री : का होगे?

मुनीम : दस मोहर के चोरी होगे।

मंत्री : वो भी तोर राहत ले!

मुनीम : हव

मंत्री : अब बता रानी दाई पूछही तब का बताहूं?

मुनीम : तुमन तो मंत्री सहाब हौ, तुमन समझा लेहूं

मंत्री : मैं समझा लूहं खाता बन्द कर अऊ चल मोर साथ तोर मजा तो रानी दाई बताही!

मुनीम : कइसे करंव भगवान मैं बिल्कुल समझ नइ पावेंव जी, बिल्कुल तोरे जइसे कपड़ा महिने रीहिस मंत्री साहब मैं नई चिन्ह सकेव जी।

मंत्री : तैं चल तोला पता तो ऊहे लगही!

मुनीम : अरे चलो रे भैय्या हो चलो रे ऽ ऽ ऽ

(चारों सिपाही ख़ज़ाना उठाते हैं और चले जाते हैं)

दृश्य : पाँच

दरबार

रानी : का हेके सरकारी खजाना में चोरी होगे?

मंत्री : हौव

रानी : कब चोरी होइस

मंत्री : अभीच्चे

रानी : दिन-दहाड़े! डाका

मंत्री : येला डाका कहिबो रानी दाई

मुनीम : येमा मोर कोई कसूर नइ ये रानी दाई मैं समझेव नवा मंत्री आये है

रानी : कतेक मोहर के चोरी होय हे?

मुनीम : 10 मोहर के चोरी होय हे रानी दाई

मंत्री : चोर के नाम चरन दास हे सरकार

रानी : वोला तैं जानथस फेर पकड़े काबर नहीं!

मुनीम : चोर तो भागगे रानी दाई!

रानी : चोर-चोरी के बाद भाग जही नई तो एक जगह खड़े रीहि कि आ मोला पकड़ ले कहिके, या महल के ओंटा-कोंटा में छुपे होही कइसे मंत्री जी

पुरोहित : रानी चरन दास एक मशहूर चोर हे वोला पकड़ना आसान काम नइयें

रानी : मुश्किल हो चाहे आसान पुरोहित जी फेर चोर ला तो पकड़ेचबर पड़ही ना बोला हम कइसे छोड़ देबो!

पुरोहित : वोला पकड़े के एक उपाय है?

रानी : का उपाय

पुरोहित : चरन दास अपन गुरु करा सच बोले के परण करे हे अऊ वोला अपन सच्चाई ऊपर बड़ा नाभिमान हे! तैं शहर में डौंड़ी पिटवा देते कि चरन दास अगर सिरतोन में सच्चा चोर है, त दरबार में आके अपन अपराध ला कबूल करे अइसन में चरन दास शायद खुदे आ जहीं

रानी : हौव सही बात हे पुरोहित जी बिल्कुल सही कहाथे तैं सुने मंत्री! जा शहर में जाके डौंडी पिटवाये के इंतजाम कर अऊ डौंडी पिटवाइया मन ला तै ये कहा कि चरन दास ल रानी दरबार में बलवाये है *(सभी पात्र चले जाते है)*

गीत

रानी ने रे संगी शहर में डौंडी पिटवाई
दस मोहरे रानी के खजाने से कोई लेगे चोराके
चोरे चरन दास सच्चा हे भाइ सच्चा हे भाई
सच्चा हे भाई
तो बतलादे आके
रानी ने रे संगी शहर में डौंडी पिटवाई
सच से बढ़कर इस दुनिया में कोई बात नहीं है
सच कहने वाले की मात भी जीत है मात नहीं है
रानी ने रे संगी शहर में डौंडी पिटवाई

(गानेवालों के साथ चारों सिपाही मंच का चक्कर लगाते हैं)

पुरोहित : बोट-बोट काय देखथस पांव पर

चोर : पायलागी

रानी : चरन दास नांव हे तोर

पुरोहित : चरन दास चोर कइसे गा?

चोर : हौव पुरोहित महराज चरन दास चोर।

रानी : चोरी करथस अऊ इतराथस

चोर : अपन काम ला बने सुन्दर ढंग से करबो त काबर नई इतराबो!

रानी : चोरी का बने काम हे?

चोर : बने हो चाहे खराब चोरी तो सब करथे?

रानी : कइसे?

चोर : सब झन अपन चोरी ला छुपा के करथे अऊ मैं बता के करथवं बस अतकेच फर्क हे!

रानी : अऊ तैं कभु झूठ नइ बोलस!

चोर : बिना झूठ बोले मोर काम हा बने से चलथे त मैं काबर झूठ बोल हूँ तिंही बतां।

रानी : चोरी अऊ सच्चाई ये दूनों के मेल में आज तक नइ देखे हंव!

(चोर हंसता है)

रानी : फेर तैं मोला ये बता चरन दास की सरकारी खजाना में तो बहुत अकन धन रखाय रीहिस फेर तैं दसे मोहर काबर चोराय!

चोर : मै दस मोहर नहीं निकाले हंव रानी दाई मैं पांच मोहर निकाले हंव।

मुनीम : अरे वाह।

चोर : काबर की सारी दुनिया मोर नाम ला जानथे चरन दास चोर! रानी धलोक जान जाही इहीच पाये के पाँच मोहर निकाले हव अऊ ये दे आपके सामने खड़े होके बात करथंव

रानी : मंत्री जी, खजाना ले कतेक मोहर के चोरी होव हे मोला जाने के हे के हे।

मंत्री : मुनीम हा गिन हे सरकार।

गुरुजी : रानी दाई चरणदास मोर चेला है चरन दास चोर जरूर हे रानी साहब फेर झूठ नइ बोलें।

रानी : मुनीम

मुनीम : रानी दाई

रानी : फेर दूसर पाँच मोहर कहां हे

मुनीम : बतावत हंव रानी दाई खजाना। ले 10 मोहर के चोरी होय हे चोर कहूँ सच बोलही!

रानी : कइसे मंत्री जी

मुनीम : बतात तो हंव रानी दाई खजाना ले दस मोहर निकले हे।

चोर : हव वइ बिचारा ठीक कहात होही।

रानी : कइसे

चोर : खजाना ले दस मोहर निकलेंगे हों ही फेर मैं तो पांच मोहर निकालें हंव तेला बता देंव अऊ खजाना ले कतेक मोहरे निकले है बोला मुनीम बताही!

रानी : मुनीम

मुनीम : बतात तो हंव रानी दाई

(रानी पुरोहित की तरफ़ देखती है)

पुरोहित : मंत्री! मुनीम के जरा तलाशी तो ले!

(मंत्री तलाशी लेने के लिए आगे बढ़ता है उसके पहले ही मुनीम बोल पड़ता है)

मुनीम : मोर कसूर माफी कर दे रानी दाई मोर से गलती होगे।

रानी : कहां हे दूसर पांच मोहर!

मुनीम : येदे मोरे करा हे *(आता है। रानी के पाँव पर गिर जाता है और जेब से मोहर निकालकर उसके हाथ में देता है)* एक...दो... तीन...चार...पाँच!

रानी : आज ले तैं मोर सामने कभु मत आबे।

मुनीम : जी हौव

रानी : झूठा कहीं के?

चोर : चोर कहीं के!

रानी : तैं मोला ये बता चरन दास झूठ नई बोलंव कहिके तैं परन करे

तब फेर चोरी नई करंव करके काबर प्रण नहीं करे!

चोरी : चोरी तो मोर धमर हे रानीदाई बोला कइसे छोड़ देहूं!

रानी : चरन दास तैं सच्चा आदमी हस फेर बहुत मुंह जार हस।

चोर : सच्चाई अरू मुंह जोरी येमा का फर्क हे तेला मैं नइ जानव

रानी : हां वोला तो मैं अच्छा तरह जानथव के तैं कांही के फरक ला नइ जानस

चोर : नइ जानब मैं हा।

रानी : ये पाँच मोहर ला मैं चरण दास ला इनाम में देथंव

चोर : मैं अपन मेहनत के कमाई में जीयत हव रानी दाई भगवान के दे मोर घर बहुत अकन धन है। मोला अऊ नइ लाग!

रानी : येला मैं साधु महाराज ला दान में देवथव जऊन हा चरन दास ला सच बोले बर सिखाये हे!

गुरुजी : रानी साहेब के कल्याण हो जुग-जुग जियों

रानी : अउ जोन पाँच मोहर ला चरन दास चोराय हे बोला मैं दान में देथंव।

चोर : येला तैं काबर दान देथव कथस रानी दाई येला में ले लेव ये मोर होगे, जयशंकर!

(नमस्कार करता है और गुरुजी के साथ चला जाता है)

मुनीम : रानी दाई तैं आज्ञा देवे त अभी पकड़ लेथन

पुरोहित : नइ अइसन चोर ल पकड़ना ठीक नहीं! ऐकर सम्मान करबो अऊ जुलूस भेज के बलाओ!

रानी : तैं सुने मंत्री जी

मंत्री : जी

रानी : फेर जास काबर नहीं।

मंत्री : जी हौव

(सभी पात्र चले जाते हैं। मंडली नृत्य करते हुए निकलती है। चारों सिपाही जुलूस में हैं)

गीत

चरन दास यम के चोरी तैं मत करबे
सत्य नाम सही नाम नहीं पावे हो...
चरन दास यम...

झूठ नइ छटे हो झूठ के बोलइया से 2
जुआ नइ छेटे हो जुआ के खेलइया से 2
अपन जीव के कइसे मुक्ती लगावे हो
चरन दास यम...

दारू नइ छूटे हो दारू के पियइया से...2
चोरी नइ छूटे हो चोरी के करइया से...2
पाछू मन-मन में पछतावे हो...
चरन दास यम...

सच न छूटे हो सच के बोलइया से
किसी के नइ छुटे हो जो जो जस करइया से
अपन ईश्वर से तैं कइसे मुंह छुपावे हो
चरण दास यम के चोरी तैं मत करबे
सतनाम् सही नाग नहीं पावे हो
चरन दास यम...

(चरन दास और मंत्री दोनों साथ आते है)

मंत्री : चरन दास ये देख तो रानी साहब हा तोर बर जुलूस भेजे हैं?

चोर : मोरच वर ये

मंत्री : हव!

चोर : वो हो बहुत लम्बा जुलूस है मंत्री साहब मुंडी चमुंडीच दिखथे भई!

मंत्री : *(दूसरी ओर दिखाता है)* ये डाहर ला देख ना

चोर : ओ...हो हाथी घोड़ा के जुलूस मंत्री साहब सोने सोन से लदे हे!

मंत्री : सब तोरेच वर है

चोर : गोरेच बर हे

मंत्री : हव!

चोर : बस हाथी मे मैं बइठहू अपन गुरू ला बइठार हूँ! *(कुछ दूर जाकर वापस लौट आता है)*

चोर : मैं नइ जा संकव मंत्री साहब

मंत्री : काबर?

चोर : मोला याद आगे

मंत्री : का बात के?

चोर : मैं अपन गुरू करा परन करें हंव हाथी में बइठ के जुलूस में नइ जाँव कहिके!

मंत्री : अभी काहत रेहे में बइठहू मोर गुरु ला बइठा हू कहिके। अब का होगे?

चोर : मोर से नई बनय मंत्री साहब मोला माफी देव

मंत्री : चरन दास मोर से रानी दाई पूछहीं तब मैं का जवाब देहूं?

चोर : तुमन तो मंत्री साहब हो, कइसनो करके रानी सहाब ला समझा देहूं!

मंत्री : चल ना

चोर : मोर से नइ बनय मंत्री साहब

मंत्री : चल ना

चोर : मैं नइ जाये सकंव भई!

मंत्री : तोला जाये ला पड़ही!!

चोर : नइ जाँव *(चला जाता है)*

मंत्री : जुलूस वाले तुम सब घर जावो, सैनिक मन मोर साथ चलो। *(सैनिक टस से मस नहीं होते)* मैं काह कहाथवं मोर साथ चलो **(सभी सैनिक मंत्री के साथ चले जाते हैं)**

दृश्य : छः

दरबार

दासी : रानी दाई मंत्री आये है

रानी : भोजन तैयार होगे?

दासी : हव

रानी : वोकर संग चरन दास आये है न?

दासी : कोन जनी?

रानी : जा मंत्री ला इंहे भेजबे

दासी : इंहचे!

रानी : त फेर अऊ कहाथव?

(मंत्री आते हैं)

रानी : मंत्री जी का खबर लाए?

मंत्री : रानी दाई! चरन दास जुलूस में आये वर इंकार कर दीस

रानी : काबर?

मंत्री : वो हा कथे अपन गुरू करा परन करे हंव हाथी के उपर बइठ के जुलूस में नइ जांव कहिके

रानी : राजा के अतेक बड़ अपमान

मंत्री : तभे तो मैं वोला ले लानेव

रानी : ले लाये! कंहा हे वो?

मंत्री : चरन दास ला हाजिर करो।

(सैनिक चोर को रस्सी में बांधकर लाते हैं)

रानी : मंत्री ये तैं का करे? काकर बात मान के आइसे करेस? हम तो ऐकर सच्चाई के सम्मान देबो कहिके बलाए हन अऊ येला तैं जानवर सही रस्सी के बाँध के लाये हस!

मंत्री : मैं सोचेंव रानीदाई के अपमान करथे इही सोच के मैं येला रस्सी में बांध के ले लानेव

रानी : अच्छा तैं अपन मर्जी से बाँध के लाये राज कोन चलाये मैं चलाथव के तैं सब राज में काकर हुकुम चलथे मोर या मंत्रीमन के।

मंत्री : मैं नई जानव रानीदाई मैं नवां मंत्री आव मोला माफी दे।

रानी : छोड़ दे रस्सी।

मंत्री : छोड़ दो जी?

रानी : आज ले तैं कान खोलके सुन ले मंत्री जी मोर हुकुम बिना ये महल के एक पत्ता नई हिले, समझे! दासी भोजन ला।

रानी : मोला माफ कर दे चरन दास! आ कुछ खाले?

(चरन दास जाता है। मंत्री को देखता है। मंत्री सिर नीचे करके खड़ा रहता है। चरन दास भोजन के पास जाता है।। खाने के लिए कौर उठाता है। गुरूजी को देखकर उसको कुछ याद आ जाता है। कांप जाता है)

रानी : का होगे?

चोर : कुछ नइ!

रानी : तोला कोई बात के शंका है

चोर : वो बात नइये

रानी : का ये खाना तोला पसंद नइये

चोर : यहू बात नइये

रानी : अच्छा रानी घर के खाये से तोर नियम बिगड़ ज नही? जवाब दे?

गुरुजी : रानी साहब चरन दास मोर-मेर परन करे है कि सोन के थारी

में नइ खाँव कहिके?

रानी : परन? फेर वही परन! अच्छा तोर परन-वरन लाटार अऊ मोर बात मानले अऊ खाले

(चरन दास भोजन नहीं खाता)

रानी : का अब नइ खास

(चरन दास चुप रहता है)

रानी : बोल खाबे के नइ खाबे?

(चरन दास थाली सरका देता है)

रानी : मंत्री जी चरन दास राज के आपमान करे हे येला पकड़ के जेल में बंद कर दो!

मंत्री : पकड़ लो येला?

(सिपाही चरन दास को पकड़ कर अंदर ले जाते हैं)

चोर : गुरुदेव!

गुरुजी : जीयत राह बेटा!

चोर : गुरुदेव!

गुरुजी : जीयत रह बेटा, खुशी रह रे, रानी साहब के कल्याण हो (*चला जाता है*)

(रानी और दासी हँसती हैं)

रानी : दासी?

दासी : वोये!

रानी : जा वोला बलाके लाबे?

दासी : कोन ला?

रानी : चरन दास ला

दासी : अच्छा!

रानी : ये ले चाबी पाछू डहार के दरवाजा ले लाबे? अऊ सुन! बने देखभाल के लाबे कोई देखे मत

दासी : हौव!

(दासी चली जाती है। रानी बिस्तर सजाती है, पंखा ठीक करती है और इंतज़ार करती है। दासी वापस आती है)

रानी : कइसे!

दासी : ले लानेव!

रानी : कहां हे वो हा?

दासी : पाछू के दरवाजा में बइठे हे

रानी : कोई देखिस तो नइ ना?

दासी : कोई नइ देखिस पीछे के दरवाजा ले बने देख भाल के लाने हंव!

रानी : खुबा का वो मान जाही?

दासी : कइसे कथस रानी दाई मानही वो कइसे नहीं मानहीं

रानी : अभी तक तो वो मोर एको बात नई माने हे!

दासी : अइसन बात ला कोन नहीं मानही! बोला सबके सामने में बोले हस तो वो हा नइ मानिस वोला एक झन में कहिबे तो मानही काबर नई मानही। इंकार नइ करे वो हा

रानी : मोर दिल धक-धक करथे!

दासी : ले वोला बलाले मैं जाथंव? जाओं?

रानी : का कबे?

दासी : तोला रानी दाइ बलाथे कंहू!

रानी : जेल ले निकाल के लाने हस तो बोला कइसे केही के लाय हस

दासी : तोला रानी दाई बलाथे केहे हंव

रानी : फेर वोहा का कीहिस

दासी : कछु नई किहिस!

रानी : कछु नइ किहिस?

दासी : वो हा किहिस मोला जान से मार डारही का वो

(दोनों हँसती हैं)

रानी : फेर तय का केहे?

दासी : तोला कोन का मारही जी, हाँ फेर रानी राई के दिल हा वोकर बस में नइये?

रानी : फेर

दासी : वो हा किहिस मैं तो चोर आँव भई, दिल के चोरी बाँचे रिहिसे वहुला कर देखांयेव कहिके हाँसत रीहिसे
(दोनों हँसती हैं)

रानी : अच्छा त तैं वोकर संग ठट्ठा मसकरी करे बर गे रेहे!

दासी : रानी दाई अईसाब बात होइस वोतिक ला बताथंव फेर वइसन नइ किहिस विचारा हा

रानी : विचारा हा! फेर तैं अइसे बात बना बना के कइसे बताथस
(दासी रानी को चाबी वापस कर देती है)

रानी : वोला भेज देबे न!

दासी : अच्छा *(जाती है)*

रानी : अऊ सुन!

दासी : काय रानी दाई?

रानी : वोला डराबे झन अच्छा फुसला के भेजबे।

दासी : हव *(जाती है)*

रानी : अऊ सुन

दासी : काये रानी दाई

रानी : पाछू के दरवाजा में तैं खड़े रबे ना? अब जा, जा ना
(दासी चली जाती है। चोर आता है। रानी को देखकर दूसरी तरफ मुंह करके खड़ा हो जाता है। हाथ में तम्बाकू-चूना मल रहा है)

रानी : आ चरन दास *(चोर दूसरी तरफ़ जाकर खड़ा हो जाता है)*

रानी : ये काये?

चोर : चूना-तम्बाखू तो आय

रानी : का बने लगथे

चोर : तैं खाबे?

रानी : हां!

चोर : ये ले *(दे देता है। रानी चखकर देखती है। कड़ुवा लगता है। चोर हंस देता है)*

रानी : मोला माफ कर दे चरन दास!

चोर : अइसे झन काह रानी दाई।

रानी : मोला रानी झन कहा, मोर नाम कलावती है!

चोर : मैं तोर चरण छुके मांफी मांगथंव

रानी : नहीं-नहीं मोर पांव झन छू!

चोर : का करबे देख न मैं तो चोर अंव भई, एला डाट बोला फटकार येला लूट बोला मार अइसन करत-करत मोर सारी ज़िंदगी बितगे फेर सुन्दर रानी संग बात करे बर नइ आइस, अब मैं का करंव तिंही बता?

रानी : चरन दास तोर जइसे आदमी तो मोर राज भर में नइये मैं अपन दिल में तोर कतेक इज्जत करथंव फेर काहन नइ संकव! अब तिंही बता मैं तोला जेल के अंदर नइ बंद करवा तव हम दूनो खड़े होके कइसे बात करते न, मैं तोला बार-बार रस्सी में बंधवा के कइसे बलातेव?

चोर : रानी दाई, मोला अच्छा नई लागथे!

रानी : काह होगे? आ अच्छा आराम से हाय गोड़ फैला के बैठ जा *(उसे बिस्तर पर ले जाती है और उसके पैर दबाती है)*

चोर : रानी तै मोर परीक्षा ले वर बलाय हस तइसे मोला लगथे

रानी : चरन दास तोर बिना मोर जी उदास हे! मैं तोर से शादी करहूं कथौं *(चोर बिस्तर से उठ जाता है)* देख आज तक तै मोर सब बात ला इंकार कर देस मोर एक बात मान ले देश ला तोर जइसे राजा के जरूरत है बने सोंच के हाँ कहिबे *(उठकर चला जाता है)* नहीं कहिके मत कहिबे!

चोर : रानी दाई!

रानी : एक बार कहि देव न मोला रानी दाई झन काह कहिके।

चोर : मोर से नइ बनय रानी मोला माफी दे

रानी : का मैं तोला नइ सुहांव चरन दास?

चोर : ये बात नइये, तैं कहां अतेक सुन्दर हस अऊ में कहां चोर हंव भई कोई देवता धाती तो नईहंव।

रानी : मोर वर तैं देवता धामी समान हस मैं तोर पूजा कर हूं रोज तोर आरती उतार हूं तोर सेवा करहूं चोरी तोर धरम हे कथस ना तो चोरी करे वर मैं तोला अपन राज भर में छूटकर देहूं! दुसर कोई आदमी आज तक मोर आँखी में नइ जमीस जइसे तैं मोर मन में समागे हस तोला देखेंव तबले मोला रात-रात भर नींद नइ आय मोर खवई पिवई सब छूटगे चरन दास! मोर जिनगी उपर तरस खा नहीं कहिके मत काह!

चोर : मोला गुरू के वचन याद आथे रानी

रानी : गुरु के वचन? का यहू ला परन करे हस कि कोई रानी संग सादी नई करंव, कोई देश के राजगद्दी में नइ बइठव कहिके?

चोर : हव! का करबे देख न दिल्लगी दिल्लगी में में अपन गुरू कर चार परन कर डारेंव वोदे सब वात हा एक-एक करके मोर सामने में आवत रहीथे कि कोई सुंदर रानी मोर से शादी करही कहिके। अब मैं का करंव तिंही बता?

रानी : तैं तो दिल्लगी दिल्लगी में करे रेहे ना! वो सब बात ला भुला दे, अपन गुरू से माफ़ी मांग ले प्रायशिचित कर ले! हम बहुत अंकन दान दे देबो! यज्ञ करके सब साधु महात्मा ला सकेल लेबो दान दे देवो! माफी माँग लेबो अउ सुन्दर अपन शादी रचा लेबो, बता बनही?

चोर : मोर करम फाटगे! मोर से नई बनय रानी! मोला माफ़ी दे मैं अपन गुरू करा परन करे हंव

रानी : परन! परन! परन! चरन दास एक बार अऊ सोचले का तोला इंकारेच है?

(चोर मुंह दूसरी ओर घुमा लेता है)

रानी : चरन दास मैं तोर चार बात माने हंव, एक बात तैं मोर मानले! बता मानबे?

चोर : का बाते?

रानी : जऊन बात हमन अभी आपस में करे हन येला तै। काकरो पास में मत बतावे नइ तो शहर में मोर बदनामी हो जाही...बता...बोल

चोर : तैं भुला गेस!

रानी : का बात ला?

चोर : मैं अपन गुरू करा सच बोले के परन करे हंव!

रानी : सच बोले के परन करे हस? बाँचवे तभेच तो सच बोलबे ग!

चोर : रानी दाई!

रानी : चरन दास मरे के बाद आदमी कुछ नहीं बोल सके, चरन दास तोर प्राण तोला नइ भाये

चोर : मरंव चाहे बांचव मैं अपन गुरू के बचन ला नई तोड़व रानी! मोला माफी दे!

रानी : चोर चंडाल!

चोर : पाप झन कर!

रानी : मुंहजोर बदनाम!!

चोर : हत्या झन कर!!

(कुछ क्षण अवकाश)

रानी : द्वारपाल!

(चारों सिपाही भाले लिए आते हैं। पुरोहित, मंत्री सभी वहां आ जाते हैं)

रानी : ये चोर ला कोन छोड़िस कइसे आगे मोर खोली भीतर येखर ये हिम्मत! तुमन सब कंहा चल दे रेहेव! चरन दास मोर से आके कहात रीहिस की मैं तोर से शादी करहूं

चोर : रानी दाई!

रानी : येकर ये हिम्मत अइसे आदमी ला तो मार काट के फेंक दो?

(चारों सिपाही चरन दास को मार देते हैं। रानी सिसकती है और रोते हुए चली जाती है। सिपाही चोर की लाश को पलटा

कर सीधी करते हैं और चले जाते हैं। तीन ग्रामीण आते हैं। मुर्दा उठाकर ले जाते हैं। एक आदमी मृत्यु-स्थल पर एक दीया रख जाता है। ग्रामीण आते हैं और वहाँ पर जैत खंभ जिसपर सफ़ेद झण्डा गड़ा है रख जाते हैं। उसकी पूजा होती है। सभी कलाकार मंच पर आते हैं और गीत गाते हैं)

गीत : *एक चोर ने रंग जमाया...2*
एक चोर ने रंग जमाया जी सच बोलके
संसार में नाम कमाया...2
संसार में नाम कमाया जी सच बोलके
चोरी ही उसका नसीब था, पैसे वाला था ग़रीब था
बस उसका ये किस्सा अजीब था सच बोलके...2
भागशाली अभागा कहाया...2
भागशाली अभागा कहांया जी सच बोलके
एक चोर ने...

धोखे में गुरू को वचन दिया, सच्चाई निभाने का प्रण किया
और ऐसा कि पूरा निभा लिया सच बोलके...2
चोर चरन दास कहलाया...2
चोर चरपदास कहलाया जी सच बोलके
एक चोर ने...2

– पर्दा –